ストロベリー・ラブホリック

～甘やかし上手なお隣男子に餌づけされてます～

黒乃 梓

ティアラノベルス

ストロベリー・ラブホリック
～甘やかし上手なお隣男子に餌づけされてます～

ストロベリー・ラブホリック

～甘やかし上手なお隣男子に餌づけされてます～

第一章　ハンバーグにかけるソースは

「すみません、お先に失礼します」

仕事を終えた彼が立ち上がるのとほぼ同時、待ってましたと言わんばかりに、先に帰る支度を終えた受付の女性社員たちがそばに寄った。

終業時間を過ぎてわざわざオフィスフロアの出入口で話し込んでいた理由がわかりやすすぎる。

「山田《やまだ》くん、お疲れさま。この後、時間あるならご飯行こうよ！」

「この前の飲み会も来なかったでしょ？　葉山《はやま》くんも誘うし、どうかな？」

彼と比較的親しい男性社員の名前を出したが、それはあまり効果がないと思う。

葉山くん単体なら喜んで行くだろうけれど、彼女たちにとってはあくまでも彼が本命で、葉山くんはただの餌だ。

それをわかっているのか、わかっていないのか。彼は形のいい眉をハの字にさせて微笑《ほほえ》んだ。

「お誘い、ありがとうございます。ですが今日は用事があるので」

申し訳なさそうな表情は本物で、あの顔が彼女たちに言わせると母性本能をくすぐられるんだとか。でも、今はそれどころではないらしい。問題はお断りされた理由だ。

「え、なにデート!?」

「山田くん、彼女いるの？」

「だといいんですが、今日は夕飯にハンバーグを作ろうと思うので」

そこでまた「ハンバーグ!?」と彼女たちから驚きの声が上がり、一段と場は賑《にぎ》やかになる。黄色い声が遠慮なく耳に届き、無意識のうちに募るイライラはペンを持つ手にぶつけられる。

「市子《いちこ》、会社に提出する書類に穴を開ける気？」

そばを通った同期の本田美奈《ほんだみな》に、やんわりとたしなめられ我に返る。そこで向こうも会話が終了したらしい。

合わせないようにしていた視線がばちりと交わる。彼はこちらの微妙な表情などまったく意に介さず、いつものとびっきりの笑顔を向けてきた。

「御手洗《みたらい》さん、本田さん、お疲れさまです。お先に失礼します」

「お疲れさま」

本田とともに軽く返事をして、書きかけだった書類に視線を戻す。受付の彼女たちは、誘いを断られたものの「ハンバーグなんて可愛《かわい》い！」「山田くんらしいよね。焦げてても許せちゃう」といったやりとりで盛り上がっていた。

そんな彼女たちを尻目に本田が再び声をかけてくる。

「市子って山田くんのこと嫌いなの？」

「なんで？」

質問にすかさず尋ね返すと本田は遠慮なく先を続ける。

「直接指導に当たっていた後輩だってのに、なんか冷たいし」

「普通でしょ。みんなが騒ぎすぎじゃない？」

間髪を容《い》れずに返す私に、本田が一瞬、言葉を詰まらせた。

「そりゃ、あんなアイドルみたいな顔して、性格も真面目《まじめ》でクライアントからの信頼も厚く、営業成績もトップクラス。おまけに彼女もおそらくいない？　となれば、女子としては気になっちゃうでしょ。さらにはハンバーグを手作りする料理好きとは」

感心したように話す本田に対し、私はため息をついて立ち上がった。目を丸くする本田に書類を差し出す。

「待たせてごめん。これからお客さまのとこに寄って直帰するね」

ホワイトボードにお客さまの名前と直帰のプレートを貼りつける。続けてわざと誰もいないフロアに足を進めて、展示用の車に目を走らせた。

うん、やっぱりクリアブルーを推してよかった。

ひとり満足して踵《きびす》を返し、社員専用の通用口から外に出る。身長百六十二センチにいつもプラスされる五センチのヒールはもうすっかり慣れた。会社に入って何足履き潰してきたことか。

自動ドアが開いた瞬間、獣の吐息のような生ぬるい風が全身を包む。少々寒くても、やはりエアコンが効いている社内の方がよっぽどいい。

日は落ちている分、湿度が高くて不快だ。眉をひそめつつ車に急ぐと、後ろでひとまとめにしている髪が揺れる。

まだ暑さが残る九月、今月は決算期だ。いつもよりノルマも厳しいので、確実に決めていかないと。お客さまの自宅への道を頭に描き、私はエンジンをかけた。


御手洗市子、二十六歳。新卒で大手自動車メーカーのディーラーに就職し、自ら営業部を希望して一通りの部署での研修を終えてからは、入社以来営業一筋でここまできている。

肩下まである硬い髪はほぼ黒に近い茶色に染め、化粧も最低限。制服として支給された上下黒のスーツを身にまとい、とにかく清潔感を大事にしている。同じ社員でも受付の彼女たちとは明らかに雰囲気が異なる。

営業部は基本的に男性が多く、女性は少ない。大体は受付業務や、本田みたいに総務部などに女性の割合が多く取られてしまう。でも私は、直接お客さまとやりとりする営業が好きだった。

営業の仕事は売るまでじゃない。車を購入してもらった後も、その付き合いは続く。車は安い買い物ではないから、どんな形であれ信頼関係を築くのはすごく大切だ。それが次に繋《つな》がる。

お客さまのところへ点検の案内を持っていき、軽く立ち話をしたところで私はようやく自分のマンションに戻った。

中心部からはずれている分、築三年で新しく、それなりの広さがあるのに対し、家賃相場からいえばお手頃な値段だったのでここに決めた。

どうせ車通勤だし。

私みたいに単身の社会人が多いのか、隣近所との付き合いはほとんどない。四階の突き当たり奥からひとつ手前が私の部屋だ。

今日も疲れたな。お腹もすいた。

黒のトートバッグの中からいつも定位置にしまってある鍵を取り出す。そういえば彼は、今日の夕食はハンバーグだと言っていた。

先ほど話題だった彼の名は山田一悟《いちご》。私と同じ営業部に所属し、入社二年目にして、その成績はなかなかのものだ。

さらに彼はその外見でもかなり注目を集めている。ぱっちりとした二重《ふたえ》瞼《まぶた》の大きな瞳、厚っぽい唇、肌トラブルとは無縁そうなきめ細かい白い肌。

まさにベビーフェイスという言葉がぴったりで、少年のようなあどけなさを残し、笑うとできるえくぼは可愛いとさえ思ってしまう。

やや癖のある髪は茶色く染めているが、嫌味さはひとつもなく自然に彼に馴染《なじ》んでいた。どこかのアイドルグループに所属していると言われてもまったく違和感がない。

性格も真面目で人懐っこく、どこか犬を連想させる彼は後輩としてなんの申し分もない。けれど私はどこか彼が苦手だった。

『苦手』は語弊がある。なんとなく合わない気がしていた。

波長か、性質か。もちろん嫌いじゃない。ただ、どうも私と彼は正反対の人間のような気がして。

それなのに……。

「おかえりなさい、市子さん。ハンバーグはデミグラスソースとケチャップとどちらがいいですか？」

ドアを開けると、そんな彼がエプロンを身にまとい、極上の笑顔を向けて出迎えてきた。ハンバーグの焼けるいい匂いが鼻孔をくすぐる。

「……ケチャップとウスターソースを混ぜたやつ」

提示された選択肢のどちらでもない答えを告げて、私は無表情で靴を脱ぐ。ここは正真正銘、私の家だ。彼は予想外だった私の回答に、たたずんだまま難しい顔をしている。

「ケチャップとウスターソースですか……。どれくらいの割合で混ぜたらいいですか？」

どこまでも真面目な彼に、私は肩を軽くすくめてその横を通り過ぎた。

「いいよ。ソースくらいは自分で作る。山田くんは好きなのかけて」

「ええっ！　俺も市子さんと同じのがいいです。市子さんの作ったソースをぜひ、食べさせてください！」

匂いがつくと嫌なので制服のジャケットを脱ごうとした。それを察した彼が素早く後ろから手を貸して、受け取る。

絶妙のタイミングにまるで秘書だと思いながら、私はブラウス一枚でキッチンに立った。

エアコンを先につけていてくれたので、思ったような不快感はない。最初に注意した通り、換気扇もちゃんと回している。

火を止めたばかりであろうフライパンの中には、楕円形《だえんけい》のハンバーグがふたつ。あの女性社員たちの予想ははずれで焦げてはいない。

それを用意してくれていた皿に移すと、肉汁の残ったフライパンに冷蔵庫から取り出したケチャップとウスターソースを適当に入れた。

気持ちケチャップ多めで、みりんを隠し味程度に。火にかけながら混ぜて、ふつふつとしてきたら完成だ。

「私、着替えてくるから後頼んでいい？」

「あ、市子さん」

キッチンから出ていこうとする私を彼が呼び止めた。顔をそちらに向けようとした瞬間、後ろからいきなり抱きしめられる。

ブラウスを隔てて彼の温もりと腕の力がダイレクトに伝わってきた。続けて右頬に温もりを感じる。

「おかえりなさいのキスをしていなかったので」

至近距離で微笑みながら至極当然だと言わんばかりの彼に、私は淡々と返した。

「ここは日本なんだけれど？」

「もちろん知ってますよ」

にこにこと笑う彼に私の嫌味は通じなかったらしい。ため息ひとつついて、彼の腕の中から抜け出し背を向ける。

隣の寝室に移動し、電気をつけて、ブラウスのボタンに手をかけた。こうしている間も、私は自分に起こっている状況がいまだに信じられない。

私の家でハンバーグを作って待っていたのは、先ほど職場で話題に上がり挨拶を交わした人物、山田一悟本人だ。

思い返してみると彼の第一印象はあまりよくなかった。もう一年ほど前になるが、鮮明に覚えている。

『山田一悟です。よろしくお願いします』

みんなの前で深々と頭を下げる彼は、その年に入ってきた新入社員の中でも一際目立っていた。外見はもちろん、まとうオーラが他とは圧倒的に違う。

『特別な人間』とは、こういう存在を指すのだと本能的に感じた。自己紹介もそこそこに彼と直接会話はないまま業務が開始し、私も自分の仕事に取りかかる。新入社員は会社についての一通りの研修を受けてから、それぞれの配属部署に就くのが慣例だ。

『友美《ともみ》ちゃん』

彼が入社して二週間ほど経ったある日の午後、お子さん連れのご夫婦が店を出ようとした際に私は娘さんの名前を呼んで駆け寄った。幼稚園に通っていると聞いたので、おそらく四、五歳か。腰を屈《かが》め彼女の目線に合わせると、ポケットにしまっていた小さなくまのキーホルダーを取り出す。

『もしかしてここでなくしたって言っていたの、これ？』

『それ！』

彼女は大きな目を真ん丸くさせ、飛び跳ねんばかりの勢いで答えた。

車の購入を迷っているらしく、この家族は何回か店に足を運んでいた。私は直接の担当ではないが、以前ここを訪れたときの帰りに、彼女が鞄《かばん》につけていたくまのキーホルダーがないと騒いでいたのだ。

そのとき手の空いている社員でざっと探したが結局見つからず、彼女の残念そうな顔が忘れられなかった私は、終業後さらにくまなく店内を探した。

するとキッズスペースのソファの下からこれが出てきたのだ。今度会ったときに確認しようと思っていたら、どうやら当たりだったらしい。

『よかった。一緒に連れて帰ってあげてね』

『ありがとう、おねえさん』

大事にくまのキーホルダーを握りしめ、手を振る彼女に私も笑顔で振り返す。

『お前、担当でもないのによくそこまでするよな。今日も営業かけたけど他社に随分と気持ちが傾いていたから望み薄だぞ』

担当者としてあの家族を見送っていた男性社員に軽く鼻で笑われる。

『そういう打算的な気持ちで探したわけじゃない』

私も冷たく言い返した。視線を向けると、彼ではなくたまたま彼についていた山田一悟と目が合った。遠慮なくこちらをじっと見つめてくる瞳に、私の心臓がわずかに跳ね上がる。

『優しいですね』

にこりと微笑まれ、私は目をぱちくりとさせた。まさかそんな言葉をかけられるとは思ってもみなかったから。思えば、彼と会話するのはこれが初めてだった。返答に戸惑う私をよそに、彼の視線は私のネームプレートに移る。

『おてあらいさん、ですか？』

彼は真面目な顔で尋ねてきた。そばにいた男性社員が吹き出しそうになったのを目の端で捉え、私は内心で大きくため息をつく。気持ちはすっかり冷静さを取り戻していた。

そんなふうにからかわれたのは中学生のとき以来だ。あいにく私はここでユーモアたっぷりに切り返す術《すべ》も持っていないし、そんなキャラでもない。かといって短絡的に怒る人間でもない。

それにしても冗談にしてはまったくもって面白くないし、本気で言っているのだとしたら、彼の国語能力がいささか心配だ。

この職場では、いろいろなお客さまを相手にしないといけないのに。周りが勝手に騒いでいるだけで結局見かけ倒しなのかと少し残念に思う。

『みたらい、です』

感情を込めずに返すと、彼は途端に『しまった』という表情になった。どうやら本気だったらしい。

『すみません』

すぐに頭を下げる彼から私は視線を逸《そ》らした。

『お客さまにもさまざまな苗字の方がいるから、あやふやな場合は、先に読み方を尋ねるのが無難かもね。悪気はなくても間違えるとやっぱり失礼になるから』

『はい』

それからなんでもないかのように、私はその場を去った。そして周りはどこか彼に同情的だった。理由はその日の夜、本田と飲みに行ったときに判明する。

入社したときから話題になっている彼の情報に、私以上に本田は詳しかった。なんでも彼は両親の都合で、ほとんど外国に住んでいたんだとか。ドイツ語と英語が完璧らしい。

そこで私は昼間の出来事を思い出して納得した。その分、漢字には弱いのだろう。私の苗字を勘違いしたのもしょうがない。

でも彼はそういった自分の事情を言わなかったし、言い訳しなかった。私が言いづらい雰囲気を醸し出していたのかもしれない。知らなかったとはいえ、わずかに罪悪感が募る。

一方で私は間違ったことは言っていないし、とくに接点のない彼に改めてわざわざ話しかけてフォローするほどだろうかと迷う。

ところが翌日、正式に営業部に配属された彼の指導担当に、まさかの私が任命された。戸惑いつつも顔には出さないよう努める。山田くんも昨日の件はなにもなかったかのように、明るい笑顔で『よろしくお願いします』と頭を下げてきた。

これはどういう巡り合わせだろう。ちょうど午後から外回りだったので、彼を連れて車を走らせているとき、私は自ら話題を振った。

『山田くんって、海外生活が長いんだね』

『あ、はい。よくご存じですね』

視線を向けず運転しながら話しかけると、彼は驚いた声を上げた。私が彼のことを知っているのが意外だったのか、仕事以外の話題を振るとは思わなかったのか、それは定かではない。

一瞬だけ彼に視線をよこす。

『君、自分が思う以上に話題になってるよ』

『そうですか。帰国子女ってやっぱり珍しいんですかね』

それだけではないのは明白だが、そこはもう突っ込まない。私はさっさと本題に入った。

『昨日、私の苗字を読み間違えたとき、どうしてそのことを言わなかったの？』

『え？』

『海外生活が長いので、くらい言ってくれれば、私もあんな言い方はしなかったんだけど』

ああ、この言い方もよくない。発言して自己嫌悪でひそかに顔を歪《ゆが》める。

私はどうもお客さまを相手にするといくらでも楽しく会話ができるのに、こうして職場の人間、とくに男性を相手にするとぶっきらぼうな言い方になってしまう。

賢く対応できず心の中で悔やんだ。ましてや自分は女だ。男性が多い営業部で、もっとうまく立ち回らないとって常々思っているのに。

とはいえ下手《へた》な言い方をして、媚《こ》びていると思われるのはもっと不本意だし。

『御手洗さんの指摘は間違っていませんよ。どんな事情であれ、間違えて不快な思いをさせたのは事実です。すみませんでした』

あれこれ思い巡らせていたら山田くんはぽつりと呟《つぶや》いた。そこでちょうど信号に引っかかったので、私は助手席に座る彼の方に顔を向ける。

するとこちらを見ていた山田くんと視線がぶつかった。くりっとした大きな瞳が私を捕らえる。

『下手に気を使われたり、特別扱いはいりませんから。言われた通り、わからないことは素直に先に尋ねます。これからもご指導よろしくお願いします』

優しい表情で、やっぱり丁寧に頭を下げる彼に、私はそれ以上なにも言えなかった。どうやら私は彼を見くびっていたらしい。

見かけ倒しなんてとんでもない。思った以上に彼は謙虚でできた人間だ。

『あの、さっそくひとつ尋ねてもいいですか？』

『どうぞ』

改めて聞いてくる彼に、私は促すよう軽く答える。続けられた彼の質問は意外なものだった。

『御手洗さんの初めてのお客さまってどんな方でした？』

どうしてそんなことを聞くんだろうとも思ったけれど、純粋に参考にしたいのかもしれない。信号が変わって再び前に顔を向けながら私は記憶を辿《たど》る。

『先輩に紹介してもらったお得意さま……だったかな。ずっとうちの車一筋でいらっしゃる方で、その方が乗り換えのために新車を購入するのを担当したのが初めてだよ』

『そう、ですか』

わざわざ聞いてきたわりに、彼の反応はどこか鈍かった。

『どうしてそんな質問をしたの？』

『聞いてみたかったんです』

なんとも答えになっていないものを返され、私はどう受け止めていいのかわからなかった。おそらく深い意味はなかったんだろうな。

これ以上は触れる話でもないと思い、会話はそこで終了した。

車内は再び沈黙が訪れる。その中で私は彼の認識を改めた。あくまでも職場の同僚として、直接指導に当たる後輩として、だ。そこにプライベートな感情は一切ない。

本田にからかわれたり、彼に好意を寄せる女性たちに好き勝手言われたりもしたが、私はそのとき別の職場に付き合っている彼氏がいたし。

着替え終わったところで回想を終了させる。

グレーのシャツに黒の七分丈のパンツ。およそ可愛らしさのないパジャマも兼ねた部屋着だ。リビングに戻ると、こたつも兼用できるローテーブルの上にはところ狭しと料理が並んでいる。

メインのハンバーグの付け合わせはポテトサラダとニンジンやブロッコリーのグラッセ。まさにお店さながらの出来栄えだ。

「ご飯、入れてもいいですか？」

「お願い」

キッチンからひょっこり顔を出した山田くんに短く返答する。ここは私の部屋なのに、今や台所においては彼の方が使いこなしていると思う。

お味噌汁《みそしる》とご飯、そしてお箸をお盆に乗せ、運んできた彼がやってきたので、さすがにそれをテーブルに置くのは手伝った。

どれも適当に百円ショップで買いそろえた食器だ。統一性はまったくない。私たちは向かい合わせに座って、おとなしく手を合わせて一緒に夕飯を食べ始めた。

「市子さんの作ったソース美味《おい》しいです。俺、この味好きかも」

「そう」

ちらりと山田くんを見遣《みや》る。スーツを着ていない彼はいつもより若い、というより幼く感じる。大学生と言っても通用しそうだ。

涼しげなボーダーシャツと同じ色の紺のパンツ。Tシャツの袖から覗《のぞ》く腕は、普段は隠れているがなかなか逞《たくま》しい。細身ながら筋肉はわりとあるようだ。

「お味はどうですか？」

「美味しいよ。このポテトサラダの味つけってなに？」

彼の作ったポテトサラダは私の知っているものとは違った。じゃがいもは潰していないし、味はマヨネーズではない。さっぱりしていて食べやすかった。

「マスタードと白ワインビネガー、あとコンソメです。あちらでは定番なんですよ」

『あちら』が、彼が住んでいたヨーロッパを指しているのはすぐにわかった。ドイツがじゃがいも料理が盛んなのは私でも知っている。

彼いわく、スーパーでもじゃがいもは他の野菜と比べて別格なんだとか。

「でも俺、日本では定番のポテトサラダも好きです。市子さんが作ったのを食べたいので、今度作ってください」

ちゃっかりとお願いされて私は箸を止めた。一瞬だけ迷ったが、ここまでご飯を準備してもらっている状況で、なんとも断りづらい。べつにこちらが頼んだわけでもないけれど。

私はポテトサラダに箸を伸ばした。

「いいけど、りんご入ってるよ」

「いいですね。楽しみにしています」

戸惑う様子もなく彼は満面の笑みを浮かべて返してきた。その笑顔はやっぱり太陽みたい。

こうして食事をともにし、プライベートな時間を一緒に過ごしているものの、私たちは付き合っているわけではない。もちろん親戚といった類いのものでも。それなら、どうして私が彼とこうして自宅でご飯を一緒に食べているのか。こんな恋人まがいなことをしているのか。

すべてのきっかけは一ヵ月前、あの夜の出来事のおかげで、私たちはこんな妙な関係を築くことになってしまった。

＊　＊　＊

強い日差しをぶつけてきた太陽が姿を隠しても、残していった熱はなかなか消えない。茹《ゆ》だるような暑さに、ブラウスが肌にじっとりと張りつくのが不快でたまらなかった。

でもしょうがない。どんなに暑くても寒くても、雪が降ろうが槍《やり》が降ろうが、お客さまの希望があるならどこまでも行く。それが営業だ……と遠い昔、先輩に言われた記憶があるようなないような。とにかく営業の覚悟云々《うんぬん》は置いておいて、その日はとくに最悪だった。

付き合っていた二歳上の彼にいきなりメールで別れを告げられ、もうすぐ本契約までこぎつけそうだった先方に土壇場で断られてしまったのだ。

社用車として数台まとまっての契約だったので、これを落としてしまったのはかなり痛い。

ここに至るまでに何度も何度も足を運び、先方に納得してもらえるよう、他社との特徴を比較したわかりやすい資料を作成して、説明して……を繰り返したのがすべて水の泡だ。

さらに悪いことはそれだけじゃなかった。とにかく鬱憤を晴らしたくて、ひとりで飲んだのが間違いだった。

そこまでお酒に強いわけでもないのに、私は自暴自棄になっていた。行きつけのバーで翌日が休みなのをいいことに、強いお酒をガンガン呷った。

マスターや周りのお客さまに心配されるほどに。

それでも店を出て家路につくまでは意識をはっきりと保っていた。タクシーを拾い、受け答えもしっかりして自分のマンションに帰ってくる。

人の気配よりも虫たちの声の方が大きい。

早く部屋に入ってエアコンをつけようと躍起になったところで、とんでもないミスが発覚した。

会社の鍵などをまとめているキーケースが鞄の中にない。一瞬、落としたかと焦ったが、会社に置いてきた可能性の方が高いとすぐに気づく。

そのキーケースには自宅の鍵も入っているのに。会社に戻ろうかとも思ったが、鍵がないのでは意味がない。

私はなにもかもが嫌になってその場にうずくまった。体が重くて熱っぽいのは、この外気のせいなのか、アルコールのせいなのか。

必死で存在をアピールしてくる蝉《せみ》の声が耳につく。とにかく蚊が嫌だ。とりあえず車に移動しようと立ち上がるが、よく考えれば飲むために会社に置いてきたのでその選択肢も消える。

不意にふっと目眩《めまい》がして、その場に腰を落とす。今さらながら、アルコールが回ってきたみたいだ。情けなくて、目の奥がじんわりと熱くなりかける。

踏んだり蹴ったりもいいところだ。彼——正確には元彼に助けを求めようかと思ったが、そんなのはプライドが許さなかった。

可愛くない。だから愛想を尽かされた。

【少し距離を置きたい】

携帯に送られてきたメッセージを思い出す。あまりにも端的なメッセージ。ここで、『なんで？　どうして？』と理由を聞けばなにかが違っていたのかもしれない。

しかし、私の返したメッセージもこれまた端的かつ直接的だった。

【それってつまり別れたいの？】

返ってきたのはたった一言だけ。【ごめん】。

それ以上の返信を私はなにもしなかった。付き合って一年とちょっとだった。合コンで知り合って、彼からの強いアプローチで付き合い始めた。それなりに楽しかった。とはいえ結婚を意識するほどでもなかったし、私はなんだかんだで彼よりも仕事を優先してきた。

呆気《あっけ》ない終わりが自分たちの付き合いの浅さを物語っている。

苦しくて、胸が痛い。でも、原因は彼と別れたからじゃない。それだけなら、私はきっとこんなふうになっていなかった。

今、私の心を覆う悲しみは、契約を取れなかったことの方が大きい。そんな自分が薄情で嫌気が差す。

　ここ最近ずっとすれ違ってばかりで、心のどこかでもう駄目かも、と思っていた。それなのに、彼のために時間を作って歩み寄ろうともしなかった。こうなったのは自業自得だ。恋愛も仕事もうまくいかないのは、全部、私が悪いんだ。

　アルコールとともに卑屈さが冷静さを奪っていく。ふらふらして気分が悪い。どうしよう。

　だらしなく、床に足をつけてドアにもたれかかる。これはなにかの罰なのかな。思考も平衡感覚もおかしい。

　そのときエレベーターが四階に着く音がした。誰かが近づいている気がするものの、そちらを向く力も残されていない。

　ああ、呆《あき》れられてしまう。せめてなんでもないかのように振る舞わないと。

　ここでも私は助けを求めるよりも、くだらない見栄が先に立つ。

　ところがそれも意味がなかった。はっきりとはわからない。私の意識はいつの間にかブラックアウトしていた。

夢現《ゆめうつつ》に思う。私は恋愛に向いていないんだ。

嫌いになって関係が終わるのにはなにかしらの理由があるのに、好きになるのはこれといった理由がなくてもいいらしい。

〝いつの間にか〟、そんな言葉が許される。

はっきりとした始まりがいつかもわからない感情に、支配されるのは嫌だ。

じわじわと毒が回るように侵《おか》されて、中毒みたいにそれなしでは生きていけなくなるなんて。

それを恋と呼ぶなら、私は恋をしたことがないし、していない。自分の性格的にきっとこれからもできないと思う。

暑い。いや、熱い？

おぼろげな意識が捉えたのは、まずはそれだった。じっとりと肌に汗が浮かぶ。

無意識に額を拭《ぬぐ》ったのと同時に、私は瞼を開けた。

見慣れた天井が目に入り、ホッと息を吐く。それにしても、暑い。私は暑がりでクーラーのタイマー機能など使ったことがないほどに、夏場は家にいる間はずっとエアコンをつけっぱなしにしている。

車のエコ機能を必死にお客さまにアピールしておきながら自分は真逆なことをしているのが笑えるが、とにかくなんでもいい。

エアコンのリモコンを探そうと顔を横に向けたとき、私の目にはとんでもないものが飛び込んできた。

その衝撃は、息も心臓も止まるかと思ったほどだ。おかげで弾かれたように身を起こし、自分の見たものが幻ではない、夢ではないと急いで確認する。

私の隣では綺麗《きれい》な顔をした青年が眠っていた。その瞼は閉じられているものの、やはり暑いからか眉間《みけん》に皺《しわ》が寄っていた。

そんな彼の顔を冷静に観察しつつ、思わず叫びそうになるのをぐっと堪える。久しぶりにパニックに陥った。

わけがわからない。いや、わかっている。ドラマや漫画でも定番のパターンだ。でもああいうのは、たいてい見知らぬ誰かとか、意識を飛ばす直前まで一緒にいた人とか、そういうものじゃない？

なぜ彼なの!?　人違い？　そんなわけない。

自問自答を繰り返してみるが、現状はなにも変わらない。

私の隣で眠っている青年は、直接私が指導に当たっていた営業部の、ひいては社内で男女問わず人気がある山田一悟だった。

ややや癖のある茶色い髪は、その顔をわずかに隠していた。くりっとした大きな瞳は今は閉じられているものの、影ができるほどの長い睫毛《まつげ》がその存在を主張している。

すっと通った鼻筋、荒れ知らずの唇。きめ細かな肌は、触ってみたいと女性たちが話題にしていた。

今さらながらシーツの合間から覗く山田くんの肌はそのまま晒《さら》されていて、私自身も下はつけているけれど、上はなにも身にまとっていない。

わかりやすすぎるシチュエーションに気絶しそうになった。

なんだって、よりによって社内の、しかも後輩の男の子とこんなことになってしまうの。

そこで山田くんの瞼がゆっくりと開いたので、私は思わず息を呑《の》んで固まってしまう。

彼はどこか寝ぼけ眼《まなこ》で、いつも会社で見せている溌剌《はつらつ》さは微塵《みじん》もない。焦点が合わないままゆっくり身を起こし、私と視線の高さがそろったところで、ようやく目が合う。

　そこで山田くんの目がこれでもかというくらい大きく見開かれた。「わっ！」と驚いた声まで上げられる。

　どうやら彼にとっても、この状況は予想外らしい。私はもうなんて言えばいいのかわからなくて、ただただ気まずさだけを覚えた。

　そのとき青くて薄いシーツが体を隠すように肩に乱暴にかけられる。ひんやりした感触に一瞬にして熱が奪われた。どうやら、今流行《はや》りの接触冷感寝具らしい。

　彼は私から視線を背けた状態で、おもむろに立ち上がった。

「俺、シャワー浴びてきますから、とりあえず服を着てください」

　下を着ていた山田くんはそのままベッドから下りると、そそくさと部屋から出ていった。どうやらここは彼の部屋らしい。

　私は大きくため息をついて、ベッドの下に置いてある服に手を伸ばした。几帳《きちょう》面《めん》に畳まれているのを見て、ますます自分のやらかした行動が情けなくなる。

　どういう経緯かはわからないが、私はどうやら後輩に手を出してしまったらしい。

仮に出された側だとしても、山田くんのあの態度を見れば、望んでこんな状況になったわけではないのは一目瞭然だ。

ここは、年上としても先輩としても私が変に動揺を見せてしまってはいけない。

部屋の窓は網戸にされていたが、そんなものは意味がないほど暑かった。

しかし文句は言えない。おとなしく昨日と同じ服を身にまとい、ベッドに腰かけて彼が帰ってくるのを待った。

このまま帰ってしまいたい。とはいえこれが行きずりの相手ならまだしも、山田くんとは職場も同じで、今この場から逃げてもしょうがない。

暴れだす心臓を落ち着かせて、現状を把握しようと必死だった。

思ったよりも早く、彼はさっさとシャワーを浴びて部屋に戻ってきた。相変わらず上半身は晒したまま、乱暴に髪の毛の水滴をタオルで拭っている。

その姿はなんとも言えないほどの色気を孕《はら》んでいたが、私は違う意味でドキドキしていた。

「すみません」

先に口火を切ったのは山田くんで、突然の謝罪の言葉に私の胸と胃が同時に痛くなる。なにかを口にしようとしたが、彼が先に続けた。

「うち今、エアコン壊れてて。電気屋さんも忙しい時期みたいで、なかなか修理に来てもらえないんです」

「そう、なの」

まさかの謝罪内容に私は虚をつかれた。今、謝るのはそこ？　それとも話を逸らそうとしている？

暑くて働かない頭を懸命に動かし、彼に説明を求める。

「ここ、山田くんの家？」

「そうですよ。昨日、同期との飲み会だったんですけど、驚きました。帰ってきたら隣の家の前で御手洗さんがうずくまっていたので」

「隣!?」

私は思わず叫び、改めて部屋を見渡す。見慣れた天井だと思っていたのは、同じマンションだからだ。それにしても、隣に山田くんが住んでいたとはまったく知らなかった。

話を聞けば、ここに越してきたのは二週間前らしい。お隣さんが越してきたな、と気づいてはいたが、まさかそれが山田くんだとは思いもよらなかったし、忙しくて挨拶もとくに交わしていなかった。

「迷惑かけてごめんね」

とりあえず謝る……しかない。ようやく話が見えてきた。

彼は頭を拭《ふ》いていたタオルから手を離し、首にかけると、こちらにじっと視線をよこしてきた。

「かまいませんよ。昨日のこと、覚えていますか?」

まっすぐに見つめられ、私は静かに首を横に振る。本当になにも記憶がない。とはいえ、なにがあったのかくらいは容易に想像がつく。

仕事では考えられないような弱々しい声で続けた。

「あの、本当に申し訳ないんだけど、このことは、なかったことにして……ほしいの。その方がお互いにとっていいと思うし。私も――」

「嫌ですよ」

懸命にした提案をさらっと拒否され、うつむきがちになっていた目線を上げた。

山田くんはなにやら難しそうな顔をしている。

「お互いの気持ちはどうであれ、やっぱり責任問題も発生しますし」

「いやいやいや、そんな真面目にならなくても。私は全然気にしないから」

すぐさま全力で否定した。たかだか一夜の過《あやま》ちで責任だなんて。子どもができたわけでもあるまいし。可能性が一瞬だけ頭をよぎったが、その心配はなさそうだ。

どう言ってフォローしようかと頭を悩ませていると、山田くんはあっけらかんとした口調で返してきた。

「いえ、御手洗さんの問題ではなくてですね」

「え？」

話の展開に追いつけずにいたら、そこで改めて山田くんと視線が絡み合い、動けなくなった。続けて彼の口から衝撃的な一言が発せられる。

「実は俺、〝ハジメテ〟だったんですよね」

「……はい!?」

時間にするとたった数秒。それでも私が反応を示したのは、たっぷりと間が空いてからだった。

「あの、全然面白くないんだけど」

「当たり前ですよ、真面目に言ってるんですから」

なんの冗談かと思って山田くんを見るが、その顔は真剣そのものだ。

いや、だって偏見かもしれないけれど、日本よりあっちの方がそういうのってよっぽど進んでいるもんじゃないの？

それを差し引いたって、彼の外見で彼女がいたことがないとも考えにくいし。なにか宗教的な事情？　それとも……。

「言っておきますけど、同性が好きとか信仰の問題とか、そういう話じゃありませんから」

私の顔色を読んだらしく山田くんが補足してきた。おかげで混乱しながらも徐々に事態を把握していく。

つまり、私は助けてもらっておいて彼の貴重な初めてを奪ってしまったらしい。

しかも奪った本人にその記憶はまったくない。

「ごめん、ね」

もう予想外すぎる展開に、私はただ謝罪の言葉を口にするしかできない。すると山田くんは静かにかぶりを振った。

「謝らないでください。ああは言ったものの俺は男ですし、大人なわけですから。でもあまりにもあっさりなかったことにされるのも……」

「複雑、だよね」

もし自分が逆の立場なら、ツイていないの一言では済まされない。よりによって付き合ってもいない職場の先輩──私が初めての相手だなんて。

山田くんみたいに、その気になれば相手を選び放題な立場にいるならなおさらだ。そういう意味で、彼ならあっさりと初めての思い出を塗り替えられそうだけど。

と、さすがにそれを私が口に出す立場ではないのは重々承知しているので、心の中だけで留めておく。

「私、どうすればいいのかな？」

いつもと立場がまるで反対で、私が質問し、答えを乞うた。すると彼は考える素振りを見せる。

まさかお金とは言わないだろうし……。

少しだけ緊張した面持ちで山田くんを見つめていると、その口がゆっくりと動いた。

「とりあえず、お互いを知るところから始めませんか？」

「私、山田くんとは知り合いだと思ってたけど？」

彼が入社してきて私たちが知り合い、もう一年以上になる。一応、山田くんも入社二年目になり、私につくばかりではなくなったが、それなりに会社では仕事をともにしてきた。

そんな山田くんといったい、なにを始めるの？

彼はどこか困ったような表情を浮かべた。

「もっと、ですよ。せっかくですから、この機会に俺を知ってください。俺も御手洗さんのことをもっと知りたいです」

責任と言いながらも、私になにかを求めるような内容ではない。どちらかといえば、山田くんが自分で自分の行為に責任をもとうとしている。

たった一夜の過ちに価値を、意味を見いだそうとしている。

馬鹿みたい、といつもなら一蹴しそうだが、あまりにも真面目な山田くんに、このときはそんな彼に付き合うのが私の責任なのではないかと思ってしまった。それにしたって。

「知ってどうするの？」

お互いを知ったところでどうするんだろう。それで山田くんが納得するならべつにかまわないけれど。

彼は悪戯《いたずら》っ子のような笑みを浮かべた。

「なにかが変わるかもしれませんよ？」

いったいそれがなんなのかはわからない。

いつもなら面倒くさくて、突っぱねそうなのに、助けてもらったからか、年上で先輩という自分の立場からか、私は珍しく素直に山田くんの提案に乗ることにした。

＊　＊　＊

「ご馳走《ちそう》さまでした」

律儀に手を合わせた山田くんが食器を片づけ始める。最近になって気づいた。彼はいつも私が食べ終わるタイミングを見計らって、そう声をかけてくる。

仕事しているときは、どうしたってゆっくりと食事をする時間が取れない。お客さまの都合で動く営業職はとくに。空腹を訴える胃をなだめるため、掻《か》き込むように食べ物を摂取する。

その反動なのか、私はプライベートではわりと丁寧に食事をするように心がけていた。

「流し台に置いといてくれたら洗い物はしておくから」

おもむろに立ち上がり食器を運ぶ山田くんに、とっさに告げる。台所に向かっていた彼は、一度こちらを見て軽く笑った。

「ありがとうございます。じゃあ、お言葉に甘えますね。先にフライパンは洗っておきましたから」

「……ありがとう」

台所に消えていく背中にぽつりと呟く。聞こえるか聞こえないか微妙なボリュームだったが、彼はひょっこりと顔を出した。そして、やっぱりいつもの笑顔を向けてくる。

「どういたしまして」

それだけ返すと、こちらの反応を待たずに顔を引っ込めた。山田くんはどんな些《さ》細《さい》なことでも必ずきちんとお礼を言う。私が職場の先輩だとかは関係なく、どうやらこれは彼の性格らしい。

こちらのすることひとつひとつを喜んで、お礼をきちんと伝えてくる。なんだかくすぐったい。今まで付き合った彼氏でさえ、ここまでまめに感謝された記憶はない。

山田くんと付き合える女性は幸せなんだろうな。

残りの食器を持って彼と入れ違いに台所に足を踏み入れ、いつものスポンジに多めの洗剤をつけた。フライパンは場所を取るし、油汚れもあるので、先に洗ってもらえていると地味に助かる。

なにも言わなくても当たり前のようにテーブルの上を拭く山田くんから布巾を受け取り、少しはくつろいだらどうかと声をかける。思えば彼はうちに来てから働き詰めだ。

テレビがついた音がしてわずかに安堵《あんど》した。

山田くんは職場の先輩でもある私とこうして仕事が終わってまで一緒に過ごして、しんどくないのかな。私が彼の立場なら絶対に嫌だ。

どう考えても私たちには、恋人らしい甘い雰囲気はない。彼にスキンシップ過多なところがあっても、元々外国育ちなわけだし、いちいち真に受けるほど私もうぶじゃない。

プライベートでは山田くんは私を名前で呼び、歩み寄ろうとしてくれているのが伝わるのに、私は彼に対していまだにどう接していいのかわからないでいた。

こんなことになった相手が私で本当に申し訳ないとは思うが、過去は変えられない。私自身も。

洗い物が終わって、紅茶を淹《い》れるためにお湯を沸かす。ひとりなら面倒で、普段はわざわざ紅茶を淹れようと思わない分、山田くんが来るときは定番になりつつあった。

紅茶を淹れたカップをトレーに乗せ、リビングに戻ると、山田くんは真剣な眼差《まなざ》しでテレビに釘《くぎ》づけになっている。なにを見ているのかと思ったら、ちょうど今流行りのお笑いコンビが画面の中でコントを繰り広げていた。なんだか彼の表情と見ている内容がちぐはぐな気がする。

軽快な喋《しゃべ》りにスタジオがどっと沸いているのにもかかわらず、山田くんは眉間に皺を寄せ、難しい表情をしていた。珍しい。彼が目の前にいる観客なら、コントはやりづらいだろうな、と思うほどだ。

そんな顔をするくらいなら見なければいいのに。さらに私が一歩近づいたタイミングで、こちらに気づいた彼が上を向いて視線をよこす。

彼は今、食事のときに私が座っていた脚なしのローソファに座っている。

食事中はテレビをつけていなかったので向かい合わせに座ってもおかしくなかった。ただ、今はテレビがついているから、彼の正面に座るとテレビに背を向ける形になり不自然だ。

とはいえ、隣に座るのもどうなんだろう……。

突っ立ったまま自分の座る場所を悩んでいると、彼がごく自然に少し隣に移動してスペースを空けた。

私は目を丸くする。

「市子さん？」

不思議そうに名前を呼ばれ、慌てて我に返り、とりあえずテーブルの上にカップを置く。続けて、わずかな動揺を悟られないよう、ぎこちなくも山田くんの隣にそっと腰を下ろした。

密着しているわけでもないし、仕事でこれくらい近くに寄ることだってあるのに、ここが自宅なのもありなんだか落ち着かない。

「どうしたの？　そんな怖い顔をして」

自分の戸惑う気持ちを振りはらいたくて、わざと話題を振る。山田くんは再び厳しい顔でテレビに視線を送っていた。

「あの、ひとつ尋ねてもいいですか？」

「なに？」

あのときと似ている質問に、平静を装って聞き返す。ややあって彼の形のいい唇が動いた。

「〝ふに落ちる〟の〝ふ〟ってどこですか？」

……ん？

あまりにも想定外すぎる質問に、私は一瞬思考が停止した。しかし彼は気にせず真剣な面持ちで続ける。

「さっき、テレビで『これで全部〝ふに落ちた〟』って言ってたんです。でも意味がわからなくて。芸人さんの出身地、大阪府を指しているんですか？　それとも、『ふ、に落ちる』んじゃなくて、『ふに、落ちる』んですか？」

しばらく呆然《ぼうぜん》としてから私はうつむいて肩を震わせた。笑ってはいけない。おそらく山田くんは本気なんだ。

けれど独特のイントネーションで、ふに落ちるって……。脳内で再生された彼の声に堪えきれず、とうとう私は吹き出した。

「市子さん！　俺は真面目に聞いてるんですよ！」

「ご、ごめっ」

むくれた声が耳に届いたが、私は抑えられなかった。どうしよう、腹筋が痛い。完全にツボに入ってしまった。

涙が出そうになるのを我慢して顔を上げると、山田くんは怒ってはいないものの、どこか拗《す》ねた表情でこちらを見ている。

その顔をつい可愛いと思ってしまう。ああ、なるほど。彼のこういうところにみんな夢中になるんだ。

私は再度、謝罪の言葉を口にしてから、『腑《ふ》に落ちる』の意味を手短に説明した。

「日本語って難しいですね」

「でも、日常会話ではあまり使わないよ」

ため息交じりに吐き出す山田くんに、フォローを入れる。彼はカップに口をつけて紅茶を飲みながらテレビにまた意識を戻した。

山田くんによると、漫才などとくに芸人たちのやりとりは、早口だし言葉がくだけているのもあって一番理解しにくいんだとか。

それなら無理して見なくてもいいのに。その考えは、再びテレビを真剣に見つめている彼の表情で、浅はかだと気づく。

わざわざ見ているんだ。少しでも多くの日本語を理解するために。

面白くもなく笑うこともできないのに、こうして努力している。私はさっき笑ってしまったのを後悔しつつ山田くんに倣ってテレビに意識を向ける。

普段、私もこういう番組はあまり見ない。でもチャンネルを変えてほしいとも、消してほしいとも言わなかった。

テレビからは軽快なやりとりと、時折わざとらしく爆笑する声が聞こえる。対照的に私たちは無言だった。

「……二枚舌の意味はわかる？」

視線は前を向いたまま、テレビの中のやりとりで出てきた言葉を彼に投げかけてみた。

「わかりますよ。ドイツ語でも二枚舌は『Doppelzüngig《ドッペルツンギッヒ》』、二枚の舌なんです。英語でも似た表現をしますから、どちらかといえば日本語の二枚舌が外国語の由来なのかもしれませんね」

「そうなんだ」

聞き取れなかったが、発音のよさにまずは驚いて、その内容にも純粋に感心した。そしてなんだか余計な発言をしたんじゃないかと居た堪れなさを感じる。

私よりもはるかに知っている内容を、あえて知っているのか？と尋ねるなんて。プライドを傷つけてしまったんじゃないかと不安になり、山田くんの顔を見られずにいたら不意に頭に温もりを感じた。

急いで彼の方に視線を向ける。

「ありがとうございます。俺のことを気にしてくれたんですよね」

穏やかな表情に、頬が熱くなった。あの女性社員たちじゃないけれど、この破壊力は半端ない。まさか、こんな返しをされるとは。

素直すぎる彼のおかげで、私は抱えていたものを声に乗せる。

「さっきは笑ってごめんね」

いつもならきっと言えない。自覚はしている。私はどうも変にプライドが高くて意地っ張りなところがある。おまけに可愛げもない。

今まで付き合ってきた彼氏とも、こういった私の性格が原因でうまくいかない場合が多かった。きっと恋人としての私は、男性が求めるような女の要素があまりないんだ。

そんな私が年下の、しかも職場の後輩でもある彼に対してはこうして素直になれるとは。

「かまいませんよ。むしろ笑った市子さんが見られてよかったです。なかなかお目にかかれませんから」

「山田くんって、本当にそういうことはすらすら言えちゃうんだね」

これが帰国子女の普通なのか、彼の性格か。おかげで私の心はすっと冷静さを取り戻せた。

「そういうこともなにも本心ですから」

「はいはい、その営業トークで斎藤《さいとう》さまをそろそろ本決めさせてね。明日、いらっしゃるんでしょ？」

わざとらしく仕事の話を振ると、彼は眉を曇らせて肩を落とした。

「斎藤さま、手強《てごわ》いんですよね」

私から見ると、それは山田くん自身のせいだとも言える。斎藤さまは、彼とほぼ同い年のアパレル会社に勤務する女性で、ちょうど車を買い替えたいとうちに来店されたのが始まりだ。

そのとき新車の試乗の担当をしていたのが山田くんで、斎藤さまは車よりも彼自身が気になったらしい。

それから何度も店に来ているが、本契約にはまだ至っていない。一方で、次にいつ来店するかを山田くんに告げて、彼が店にいる時間にわざわざ足を運ぶ徹底ぶりだ。

迷っている、と言いながら彼とあれこれ話をするのが楽しみらしく、なかなか手強い。

でも契約してもらえたら、山田くんの営業成績にも繋がるし、購入してからもディーラーとは定期的にやりとりするので、早く決めていただきたいのが本音だ。もちろん私の。彼には他にも行ってほしい営業先があるし。

「契約さえ取れれば、とは言わないし、お客さまは優先すべきだけど、相手のペースにはならないようにね」

「はい」

静かに頷《うなず》く彼に私は苦笑した。

「山田くんなら、大丈夫だよ。モテて困るなんて今さらでしょ？」

むしろ多くの女性客を虜《とりこ》にして、営業の成績を伸ばしているのも事実だ。もちろん彼は真面目なので、普通にディーラーとして接しているわけだが、相手に気に入られてしまうのはしょうがない。

山田くんはなんだか微妙な面持ちで、否定はしませんけど、と続けた。

「でも、いいことはないですよ。好きな人からじゃないと意味がないですから。たったひとりの好きな人が振り向いてくれたらそれでいいんです。それが叶《かな》わないなら、誰から好かれても一緒です」

本当に……。

私は喉まで出かかった言葉を呑み込んだ。本当に彼は真面目だ。普通はこれだけ異性に好意を寄せられたら、調子に乗ってしまうものじゃないの？　ましてや彼は若いんだし。

ある程度、腹黒く計算高くなっても仕方なさそうなのに。少なくとも私の周りにはそういう男性が多かった。

これが計算なら、私は間違いなく人間不信に陥ってしまいそうだけれど、きっとそれはない。

仕事を通して、こうしてプライベートで一緒に過ごして、彼の誠実さや真面目さは十分に伝わっている。

「山田くんの、そういうところがいいんだろうね」

ぽつり、と声になるかならないかの微妙な声量で私は呟いた。

「なにか言いました？」

軽く首を横に振って、カップの中のぬるくなった液体で喉を潤す。山田くんは疑い交じりの視線を私に向けた後、なにかを思いついたような顔になった。

「なら明日、斎藤さまの本契約が取れたら、市子さんからなにかご褒美《ほうび》をくれますか？」

まさかの提案に私は怪訝《けげん》な顔になる。不細工になっているのは百も承知だ。

「ご褒美って。これは仕事でしょ？」

「そうですけど、なかなか苦戦している案件ですし。やる気を出すためには、やっぱりご褒美が必要だなって」

「山田くん、なにか欲しいものでもあるの？」

「はい。欲しいものを考えたら、市子さんからのご褒美なんです」

打てば響くように返してくるが、いまいち会話が嚙《か》み合っていない気がする。しかし、指摘しようにもどうやら彼は本気らしい。

くりっとした大きな瞳が私をじっと見つめて映し出す。

私からのご褒美、と言われたものの彼の欲しいものなどわからない。なにが好きなのかも知らない。そもそも私がご褒美をあげなくてはならない話でもない、けれど……。

私はしばらく考えを巡らせてから、結んでいた唇をほどく。

「……今度、お客さまとの約束がない日に、私がご飯作るよ。話していたポテトサラダも用意してあげる」

これはご褒美と言っていいのかな。こういったものを山田くんは望んでいるわけではない気が……。

とはいえ男性の、ましてや年下の彼が欲しいものなどまったく見当がつかない。ただ、いつも料理をしてもらっているお礼と思えばこれくらいは。

誰に対するわけでもなく、私は自分の中で言い訳した。すると、いきなり強い衝撃を感じる。隣にいた山田くんに思いっきり抱きしめられていた。

「ちょ」

「嬉《うれ》しいです。俺、頑張って明日契約を取ってみせますね。約束しましたから」

腕の中で抗議しようにも、抱きしめられた力は思ったより強い。細いと思っていた腕も、幼いと感じていた顔も、こうして抱きしめられると相手は男性そのものだった。

不意に意識してしまい、私は反射的に身をよじる。ところが彼は腕の力を緩めることなく私に身を寄せてきた。

さっきは嬉しさのあまり抱きついてきた感じだったが、今は違う。改めてしっかりと抱きしめ直された。山田くんはなにも言わない。私もなにも言えない。

お笑い番組はとっくに終わっていて、テレビは天気予報をしていた。週末は崩れるらしい。そんな情報がどこか遠くのことのように耳に届く。

なにか言った方がいいのかな。でもなにを？　密着したところから伝わる彼の体温が、鼓動の音が、適切な判断力を奪っていく。

「……市子さん」

沈黙を破ったのは山田くんの方で、なにげなく呼ばれた名前に私は必要以上に反応してしまった。複雑な気持ちで次の言葉を待っていると、ゆっくりと回されていた腕がほどかれた。

彼を見遣ると、なんとも言えない表情でこちらを見下ろしている。そっと頬を撫《な》でるようにして髪を耳にかけられた。そして山田くんは笑った。なんだか、悲しそうに。

「そろそろ帰りますね。いつも長居してしまってすみません」

「うん」

今度こそ私たちの間に距離ができて、山田くんは立ち上がった。あんな関係から始まったものの、彼とはキスもなければセックスもない。

ただ、こうして山田くんにとってはスキンシップの一環で終わりそうなやりとりがあるだけ。今もそうだ。

部屋が隣なのであまり時間を気にする必要はないが、いつも彼は律儀に帰っていく。もちろん泊まってほしいわけでもない。もしも付き合っていたらなにか違うのかな？

意味のない仮定だ。ただ、あまりにもきっちりと線引きをしている山田くんの本音が、どこにあるのかわからないときがある。彼は私とどうなりたいんだろう。

そもそも私だって――。

「ちゃんと戸締まりしてくださいね」

「わかってるよ、子どもじゃないんだし」

最初の言葉だけで終わらせておけばいいのに、つい余計なことを言ってしまった。でも彼は嫌な顔ひとつせず笑ったままだ。

「だから言ってるんですよ。おやすみなさい」

「お疲れさま。おやすみ」

玄関で彼を見送って、いつもの挨拶を交わす。いろいろ思っていても、結局本人にそれをぶつけないのなら、私だって同じだ。

恋人でもない異性とこんなふうに過ごす状況が、我ながら不思議だ。わりとひとりの時間が好きだったり、相手に気を使うのは仕事だけで十分だと思っていたりするのに。

でも、彼と一緒にいるのは不快じゃない。

苦手だと思っていた相手にもかかわらず、むしろ今まで付き合った彼氏たちと過ごすより心地いいかもしれない。

それは私たちの関係が特殊なのが理由かな？

そのとき、山田くんの先ほどの発言が頭をよぎった。

『たったひとりの好きな人が振り向いてくれたらそれでいいんです。それが叶わないなら、誰から好かれても一緒です』

彼が言ったのは一般論だろうか。それとも彼にはそんなふうに想いを寄せる誰かがいるのかな。いや、いるなら私とこんな時間は過ごしていないか。

そう結論づけてどこかで安心している自分に軽く動揺する。山田くんは私と過ごす時間をどう考えているんだろう。

あれこれ考えた末、思考を振りはらって私は部屋に戻る。

玄関に並んだ靴は仕事用の黒のパンプスが数足。可愛らしいミュールのひとつもない。まるで私の部屋を凝縮したかのような構図だ。

早く部屋に戻ろう。玄関にはじんわりとした夏の面影がまだ残っていた。

第二章　ポテトサラダにりんごはありか

車を見に来るお客さまは、キャンペーン中か週末が多い。とはいえ平日にいらっしゃるお客さまももちろんいるわけで、営業は交代で常時フロアに出ている。そこでわずかでも見込みのあるお客さまに当たったらラッキーだ。今日の午後の店頭待機組には山田くんも入っていて、それに合わせて斎藤さまがいらっしゃる予定だと聞いている。

私は午後に新しいキャンペーンのフライヤーを得意先に持っていく段取りだ。主に車関係の店で、こういう地道な顔出しがお客さまの新規獲得にも繋がる。

時計の針が十二時を過ぎた。

午前中は注文書などの書類をそろえる事務仕事に追われて、すっかり凝り固まった肩と目をほぐす。

部長の話によると、昔に比べて営業の外回りは減った分、こうした事務作業が増えたらしい。

車の販売だけではなく、今や保険やローンを組むところまで店頭でできるようになっているからしょうがない。

現金一括で払うより、自社が設定する金融ローンを利用してもらう方がいいなど、なんとも複雑だったりする。そこはご自由にどうぞ！といかないのか。車の他にそれらも営業として勧めないとならない。

新しい法律、新しいシステム。常に情報をアップデートさせ、用意しなくてはならない書類は山ほどある。

とりあえず、外に出る前に総務部に書類を回しておこう。これで本田にも小言を言われなくて済むだろうし。

「御手洗」

総務部に寄った後で、社員用の通用口から外に出ようとしたら名前を呼ばれ、私は振り返った。

「なに？」

声をかけてきたのは同期の坂下智則《さかしたとものり》だ。お客さまの前ではいつも笑顔で丁寧なのに、実際は言葉遣いもわりと乱暴で、短気なところがあるのを知っている。細身で目つきはやや悪いが、短めの黒髪をいつも立ててそれなりに整っている顔をしていると思う。山田くんの前ではそれも霞《かす》んでしまうわけだが。

「お前んとこのも午後待機組？」

「そうだけど」

お前んとこの、とは私が直接指導に当たっていた山田くんを指すのだと、いちいち聞き返さなくてもわかった。

すると坂下は、あからさまに面白くなさそうな顔をしてわざとらしく頭をくしゃりと掻いた。

「この前、俺が営業かけた客、いつの間にかあいつに取られたからな。あれでノルマ達成できそうだったのに」

「ああ、聞いてる。でもあれはタイミングの問題じゃない？」

私はそっけなく返す。

フェア中にやってきたお客さまのひとりで、たまたま最初に対応したのが坂下だった。その後、予約などはせずに何度か来店していたが、試乗したのをきっかけに本契約となった。その試乗に付き合ったのが山田くんだったのだ。

彼の営業トークがよかったのか、試乗が後押しさせたのか。とにかくそのお客さまの担当は結果的に山田くんになった。

営業ではよくある話だ。

「わかってるって。けど、あんな直前でもっていかれたら小言のひとつでも言いたくなるだろ」

「私に？」

「本人に直接言わないだけ、よしとしろ」

それは坂下の優しさではなく、プライドの問題だろう。もしも山田くんが坂下の同期なら火花を一方的に散らされているに違いない。

設けられた売上目標を達成しようと一致団結……とは、なかなかいかないのが難しいところだ。とくに営業は、それぞれ個人のノルマをクリアするために毎日必死だし。

でもない。

まあ、坂下も入社二年目の後輩からお客さまを取ろうと思うほど余裕がないわけ

「で、気が済んだ？」

冷たく言い放つと、坂下は眉を寄せてからばつが悪そうな顔になる。次にどういうわけかさらに一歩踏み込んで距離を詰めてきた。

パーソナルスペースを侵されて不快感が湧いたが、あえてそれを指摘はしない。まるで内緒話でもするかのごとく背を屈め、おもむろに坂下は口を開いた。

「こっからが本題。山田って彼女いるの？」

思わぬ問いかけに私は目を白黒させ、改めて坂下の顔を見る。世間話のようなノリはなく、真面目な表情に私は頰を引きつらせた。

「……なに、あんたそっちの趣味でもあるわけ？」

「なんでそうなるんだよ。俺じゃないって。西野《にしの》さんが山田のことを気にしているみたいで、その」

嫌悪感を顔いっぱいに広げた後の坂下はなにやら歯切れが悪い。西野さんとは、山田くんの同期で受付を担当している西野恵麻《えま》のことだ。

顔立ちやまとう雰囲気に華があり、上品な感じが育ちのよさをよく表している。

男性社員からの人気も高く、坂下と何度か談笑を交わしているのを見た覚えがある。

そこで私は、ようやく彼の言わんとしたことがつかめた。

「純粋に彼女のため、ってわけじゃなさそうだね」

その指摘は効いたらしい。

途端に坂下は苦虫を噛みつぶしたような顔になった。

「せっかく親身になって仕事の悩みを聞いたりして距離を縮めてるのに、いきなり相談があるって持ちかけられた話が、山田が気になってるっていう内容だぞ。あり得ねぇだろ」

「べつに。あんたと山田くんは同じ営業部だし、あり得なくもないでしょ」

「で、どうなんだよ？　お前、直接指導に当たってたし、今もちょこちょこ面倒見てやってるだろ。そんな話のひとつやふたつ聞いてねーの？」

急《せ》かして問いかけてくる坂下に、私は大げさに肩をすくめてみせた。

「知らないよ。そんな踏み込んだことは聞かないって」

「お前、そんなんで後輩とちゃんとコミュニケーション取れてんのかよ」

「指導に関するコミュニケーションと恋人の有無を尋ねるのは関係ないでしょ」

唇を尖《とが》らせて告げると、坂下は仰々しくため息をつく。

「本当、女らしくないというか、可愛くないよな。西野さんがお前じゃなくて俺に相談してきた気持ちがわかるわ」

「御手洗さん」

坂下の発言になにか言い返してやろうかと思ったところで声がかかった。

私のよく知る声で、視線を移すとちょうど今話題になっていた人物がこちらに歩み寄ってきている。

話に出ていた彼が目の前に現れたからか、私の心臓が早鐘を打ちだす。

山田くんは私から視線をはずし、次に坂下に礼儀正しく頭を下げた。

「坂下さん、探していたんです。午後の店頭待機、どうぞよろしくお願いします。あと西野さんが伝えたいことがあるって言ってましたよ」

「マジ!?」

急に目の色を変えて坂下が答えた。

今すぐとは一言も言っていないのに、私たちを軽く一瞥《いちべつ》してから、この場をさっさと去っていく。

あまりにも現金な態度に、自然に乾いた笑いが起こった。そこで我に返り山田くんに向き直る。

「用事、ご苦労さま。そんな急を要するものだったの？」

ふたりで取り残された状況に、なんとなく気まずさを感じて、しらじらしく尋ねてみた。

「いいえ。単に西野さんとお昼をご一緒した際、坂下さんの話題が出ていたので」

「そう、なんだ」

居心地の悪さはますます増していく。ちりちりと胸を引っかかれるようなかすかな痛みに私は眉を曇らせた。

西野さんが山田くんを気になっていると聞いて、その西野さんと山田くんはお昼を一緒に食べたらしい。

その事実になにをこんなに動揺しているんだろう。坂下経由ではなくても、西野さんが山田くんに直接尋ねればいいのに。

なんたってふたりは同期なんだし。一緒に食事に行くくらい親しいなら、恋人の有無やプライベートな内容を聞いてもおかしくはない。少なくとも、先輩である私が尋ねるよりもずっと――。

「ごめん、私もう行くね」

十分に時間に余裕はもたせていたけれど、おもむろに腕時計を確認して気持ちを振りはらった。

とにかく今は仕事に集中しないと。

「すみません、お忙しいのに引き留めてしまって」

「いいよ。山田くんも斎藤さん相手に頑張ってね」

「市子さん」

早口で捲したてて彼に背中を向けたのとほぼ同時に、不意打ちで名前を呼ばれ目を瞠《みは》る。ここは職場なのに。

そう思って反射的に振り向くと、真剣な顔をしている彼がまっすぐに私を見据えていた。スーツ姿なのもあってか、一瞬ドキリとする。

「俺、絶対に契約取ります。だから、約束忘れないでくださいね」

ところが彼の口から紡がれた内容が、昨日自宅で交わした件の確認で、私はポカンと口を開けた。

このタイミングでわざわざ？

「私、そんな忘れっぽい女に見える？」

「あ、いえ。そういうわけではなくてですね」

慌てだす山田くんを見てなんだか笑みがこぼれた。さっきの坂下のときとは全然違う笑みだ。

「ちゃんと覚えてるから。山田くんが契約取るって言いきったこともね。力みすぎずに頑張りなさい」

軽く手を振って今度こそ彼に背を向けた。いってらっしゃい、と小さく聞こえた声を受けながら前に進む。

自動ドアの先は相変わらず湿度が高く、むわっとした空気で満たされている。

いつも通りの不快感を受ける一方で、私の心はどこか晴れやかだった。

外回りを終えて会社に戻ると、山田くんがデスクで書類作りに勤《いそ》しんでいた。集中してパソコンのキーボードを打つ姿はなかなか様になっている。

しかし顔を上げて私を見るなり、彼は子どもみたいな笑顔を向けてきた。

「お疲れさまです。斎藤さまからご契約いただきました」

わざわざ立ち上がって報告してくるので、私は虚をつかれつつも笑顔を向ける。

「そう。車種は？」

「モデルチェンジしたばかりのベゾンダーだよ。たいしたもんだよな」

答えたのは山田くんではなく、彼とともに店頭待機をしていた坂下だ。同じく事務処理をこなしていたようで、このタイミングで背もたれに体を預け、椅子が悲鳴を上げるのも気にせずに両手を上げて伸びをする。

「軽じゃなく乗用車を売ったのはさすがだけど、まさか斎藤さん相手にベゾンダーを売るとは」

坂下の声は感心半分、嫉妬半分といった感じだった。

実は、軽自動車は何台売ってもノルマには含まれない。おかげで、私たちは常に軽自動車より乗用車を売るよう意識している。

もちろんお客さまのニーズに合わせるのが一番なのは前提だ。でも扱っている車のメインが乗用車なので、そういう裏事情もあったりする。お客さまには口が裂けても言えない。

「御手洗さんが展示用に選んだっていうクリアブルーをすごく気に入ってくださって、色はあれに決めてくださいました」

「そこでわざわざ先輩を立てるとは、お前もなかなかできた奴だな」

「立てている、とかじゃなくて事実ですよ」

さらっと紡がれた坂下の嫌味を、山田くんは笑顔で華麗にかわす。

契約が取れたならよかった。

私の手柄ではなくても、私が気に入って店頭展示に推したクリアブルーを選んでもらえたのが少しだけ嬉しかった。

「支払いは残価設定型で組んでくださいました。その書類の確認をお願いできますか？」

「わかった」

私は自分のデスクに荷物を置いて、正面になっている山田くんのデスクに近づく。

一通り目を通してＯＫを出そうとしたところで、思い出したように坂下から声がかかった。

「そういえば、知ってるか。永野《ながの》部長、ついに離婚したらしいぞ」

「え？」

さすがに声を上げて坂下の顔を見た。

永野部長は私たちの上司であり、営業部の本部長だ。成績にはシビアでいながらその分フォローは欠かさず、真面目なようでわりと気さくなところもあるので部下たちからは慕われている。

たしか年齢は四十くらいだったかな。それを思わせないほど若々しく、たまに見せる笑い皺は、普段の厳しい姿とのギャップ効果があると思う。

「坂下さん、よくご存じですね」

「この前、部長と飲みに行ったときに聞いたんだよ。働きすぎなんだよな。やっぱりここは部長を励ます会を開催するべきか？」

本気とも冗談とも取れぬ坂下の提案に、私は眉をひそめた。

「そういうプライベートな事情は、そっとしておくべきじゃない？」

「なんだよ。朗報だと思ってわざわざお前に教えてやったのに。これで遠慮することはないぞ。まぁ、部長がお前を相手にするとも思えないけど」

「ちょっと、誤解を招くような言い方やめてくれる？　私は純粋に部長を尊敬しているの。そういった目で見たことは一度も――」

「へーへ」

面倒くさそうに私の言葉を遮ると、坂下は再び姿勢を戻してパソコン画面に向き合った。

つられて私も仕事モードに切り替え、山田くんに書類を総務部に回すように伝える。

書類を持っていく山田くんの姿を見送りながら、私は永野部長が離婚した事実に多少なりとも動揺していた。

坂下に言った内容にはちょっとだけ嘘《うそ》がある。でも永野部長に対して今さらどうこうしようとは思わない。ただ、永野部長がいなかったら、私は今ここで働いてはいなかった。

そう、私にとって彼はものすごく大きな存在だった。

帰宅してからはずっと時計を気にして、私は台所に立っていた。今日は山田くんにご飯をご馳走すると約束した日で、いそいそと食事の支度を進めている。

元々料理は嫌いではないけれど、自分ひとりだとどうしても面倒に感じてしまい、凝ったものはなかなか作らない。

気が向いたときにいろいろと作って、作り置きや冷凍保存をしたり、閉店間際のスーパーで半額になっているお惣菜《そうざい》を調達したりするのがお決まりだ。

おかげで、こうして誰かのために料理をするのは本当に久しぶりだ。山田くんは家事全般が得意らしく料理の腕も申し分ない。

得手不得手と時間的余裕の観点から、私たちが家でともに食事をするときの料理はもっぱら彼の担当だ。

ちなみに最初は山田くんが自宅で振る舞おうとしてくれたのだが、エアコンが壊れているという理由で私が断固拒否した。

おかげで、いつの間にか私の家で彼が料理をして一緒に食べるのが定番化してしまっている。

フライパンをコンロにセットしたタイミングでインターホンが鳴った。相手が誰かは考えるまでもない。

玄関に足を進めて、確認することもなくドアを開けると、じめっとした空気とともにそれを払拭させるような笑みを浮かべている彼の姿があった。

「お疲れさまです、市子さん。ただ今、帰りました」

「つ、おかえり」

お疲れ、といつも通り返すはずだったのに、山田くんの言葉につられてしまった。なんだか勝手に恥ずかしくなる。

彼にとってはきっとどうでもいいことなんだろうな。

ほんの数時間前に会社で見た通り、山田くんはスーツを着たままだった。ブルーのストライプ柄のネクタイは彼によく似合っている。彼はひょいっと一歩だけ足を前に進め、私との距離を縮めた。

「お腹空きました。今日の昼食べそこねて」

「大丈夫？」

空腹からか、疲れた表情を見せる山田くんを私は純粋に心配した。たしかに今日は来客続きで忙しそうにしていた。

「大丈夫ですよ。ちなみに、メニューはなんでしょうか？」

い。

「豚の生姜焼《しょうがや》き」

喜々として尋ねてくる彼に、私はメインのおかずを端的に答える。

付け合わせには、話していたポテトサラダを用意した。でも、そこまでは言わない。

「いいですね、急いで着替えてきます」

「あ、お肉焼いておくから、勝手に入ってきて」

迷いなく発言してから、妙な気恥ずかしさを覚えた。身内でも恋人でもないのに、あまりにも遠慮なく自分のプライベート空間に山田くんを迎え入れている現状に。

元々私は、他人との線引きはきっちりするタイプだ。友人はもちろん、今まで付き合ってきた彼氏に対しても。それなのに、どういうわけか山田くんに対しては自然に受け入れてしまっている。

逆に、なにをこんなにも意識しているんだろう。私たちの関係が名づけようもない曖昧なもののせい？　ただの職場の先輩と後輩にしては近すぎるのは自覚している。

そうはいっても恋人同士ではないし、友達と呼ぶのもなんだかしっくりこない。

こんなふうに気軽に家に上げてしまえるのに。

ドアが閉まったのを確認してから台所に戻ると、コンロにセットしてあったフライパンを温め始める。

思えば、先に帰ってご飯の支度をしてもらうために、家のカードキーを彼に預けたときは、随分と受け取るのを渋られた。

見られて困るようなものもないし、そんな貴重なものも置いていない。とはいえ自分でも大胆だとは思った。無防備というか。彼氏でもないし、むしろ付き合っていた彼にさえこんな真似《まね》をした覚えもない。

同じ職場であり後輩なのが、下手にかまえず信頼できた理由かもしれない。もちろん山田くんの人柄もある。

それを証明するかのように彼の対応もすごかった。なぜか彼は自宅のスペアキーを私に渡してきたのだ。対価のつもりか、自分の誠意を示そうとしたのか。

なにもそこまでしなくてもと慌てたが、両親は外国にいるし、なにかあったときのために、とのことだった。

『もしも俺になにかあったら、そのときはよろしくお願いしますね』

縁起でもないし洒落《しゃれ》にならない。しかし、そんなふうに言われたら不安になって、私はつい彼からカードキーを預かってしまった。

どうかこれを使う機会がないことを願うしかない。鍵を託す相手が私でいいのかと思ったものの、それは深くは追及しなかった。遠くの親戚より近くの他人とも言うし。

ちょうど皿に盛りつけていると、山田くんがドアを開けて再び部屋に入ってきた。換気扇をつけてはいるものの生姜焼きのいい香りが部屋に立ち込めていて、自分でも空腹を刺激される。

彼は嬉しそうに顔を綻ばせ近寄ってきた後、素早く手伝いを申し出た。

ボーダー柄のフード付きのシャツは、先ほどまでのスーツとの印象をがらりと変えている。なにを着ても様になるのは山田くんだからなんだろうな。

生姜焼きにポテトサラダ、ひじきの煮物にご飯と蕪《かぶ》のお味噌汁が今晩のメニューだ。

もうちょっと、ご褒美っぽくした方がよかったかな？

少し不安になって窺《うかが》うと、山田くんは目をキラキラさせながら並んだ皿を見つめている。その顔はまるで子どもみたい。

一応、ビールは用意していたので尋ねてからグラスに注ぐ。いつもは家で晩酌はしないけれどお祝いっぽく乾杯しよう。

「市子さんに注いでいただけるなんて」

大げさな物言いの山田くん。グラスが傾けられていたのもあり、なんとかうまく泡立った。泡の割合が多いのはご愛嬌《あいきょう》ということで。

「山田くん、無事に契約取れておめでとう」

「ありがとうございます。いただきます」

グラスを合わせて一口飲み、とりあえず先に食べ始める。

食べたいと言っていただけあって彼の箸は一番にポテトサラダに伸びた。私はつい自分の箸を止めてその成り行きを見守ってしまう。

それを悟られないように、わざとらしく今日の契約を取るまでの流れを尋ねた。こういうとき同じ職場なのはありがたい。少なくとも会話の内容に困りはしないから。

山田くんは律儀に今日の斎藤さんとのやりとりを話してくれた。

「料理、どれもすごく美味しかったです。ご馳走さまでした」

食べ終わって彼は改めて向き直り、私に感想を告げてきた。

真正面から言われると、なんだかむず痒《がゆ》い。それをごまかしたいのもあり、私は空いた皿に手を伸ばす。

「どういたしまして」

「とくにポテトサラダが美味しかったです。りんごが入ってるのって初めて食べましたけど食感もいいし、ほどよい酸味がポテトと合ってて、いい組み合わせですね」

「それは、よかった」

「本当ですよ？」

適当に返事をしながら食器をまとめていると、念押しをするかのごとく真剣な声が耳に届いた。思わず彼の方を見ると視線が交わり、まっすぐにこちらを見ていた彼の目はすぐに細められる。

「市子さんが、あまりにも不安そうな顔で俺が食べるのを見ていたので」

「それは……」

どうやら私の視線はバレバレだったらしい。指摘され、気まずい気持ちになっていると、それを吹き飛ばす笑顔が向けられる。

「市子さんが不安になる必要はなにもないですよ。本当にどれも美味しかったですから」

どこまでが本音なのかは、わからない。同じものを食べた身としてもまずくはないと思っている。一方で絶賛するほど美味しいものなのかと言われれば、そこまでの自信もない。

余計な気を彼に使わせてしまったのなら申し訳なく思った。

山田くんはなにも悪くないのに。私が勝手に気にしていただけ。その原因といえば――。

「昔、付き合ってた人に料理を……ポテトサラダを作ったことがあるんだけど、出した途端に『りんごが入ってるとかあり得ない！』って言われて喧嘩《けんか》しちゃったんだよね」

フォローより言い訳めいたものになってしまった。そして一拍の間があってから山田くんが静かに聞いてくる。

「それで、わざわざりんごが入っているって確認したんですか？」

「あー、うん。まぁ、好みってあるしね」

山田くんと目を合わせないまま答える。

言葉にして、あのときのやりとりがまた思い出されてきた。あそこまで全力で否定されると思わなかった。

せめて一口食べてみてくれてもいいのに。口にするまでもなく無理！と拒否されて、私もカチンとなってしまってその日の食卓は最悪だった。もう二度と手料理を振る舞わないと誓った。

よみがえった刺々《とげとげ》しい感情を消したくて、私は食器を持って勢いよく立ち上がる。そして彼の方を見ないまま流し台を目指した。

そのとき、「市子さん」と名前を呼ばれたので、必要以上に身がまえてしまった。

しかし続けられた内容はお土産《みやげ》を持参したとの旨で、指示通り冷蔵庫を開けると、段の間にところ狭しと居座っている箱が私の眼前に飛び込んできた。

いつの間に、と驚きながら箱をこっそり確認する。聞いたことのある洋菓子店のラベルが目に入り、私はおとなしく紅茶を淹れる準備をする。

箱の中身は、丸い透明のカップにパフェみたいに層になって盛りつけられている洋菓子が三つほど入っていた。

苺《いちご》の照りが眩しく甘酸っぱそうな赤いカップに、ココアパウダーで茶色く染まっているカップ。おそらくチョコレートかティラミス系か。あとはオレンジやキウイなどのフルーツが盛りだくさんのカップ。カスタードクリームの海に溺れている果物たちは幸せそうだ。

数秒悩んでから、リビングにいる山田くんに向かって希望を尋ねると、「市子さんが先にどうぞ」とこれまた予想通りの返答があった。

そのとき、お湯が沸いたので先に紅茶の支度を進める。その間に決断しよう。

「そんなに悩むなら、全部どうぞ」

紅茶を淹れていると、突然さっきよりも近くで声が聞こえた。そちらに目線を動かすと、おかしそうに流し台に顔を覗かせている山田くんと目が合った。

なんだか悪戯が見つかった子どもみたいな気持ちになる。

「悩んでないよ、迷ってるだけ」

その弾みか、子どもじみた屁理屈《へりくつ》をこねると、彼はこちらに近づいてきて箱の中身に視線を落とした。

「そうですか。じゃあ、俺が決めましょうか？」

「え？」

まさかの提案に目を丸くしていると、彼は視線を動かさないまま赤い苺のカップを指差した。

「市子さんには、これ。……はい、どうぞ」

カップを取り出した山田くんがそのままこちらに差し出してきたので、私は反射的に受け取った。カップはプラスチックだが、中身は意外にぎゅっと詰まっている。スポンジとクリームの合間に重ねられた赤い輪が目を引く。

「なんで？」

「だって市子さん、苺好きでしょ？」

間髪を容れずに答えられ、逆に私の方が戸惑った。

あまりにもはっきりとした山田くんの物言いに記憶を辿るも、彼に私が苺が好きだと話した覚えはない。そもそも自分の好みを人に話すこともあまりないのに。

「この前、差し入れでケーキをいただいたとき、市子さん、苺を最後まで残していましたから」

あっさりと種明かしをされ、顔から火が出そうになった。

まさか見られていたなんて。子どものときからの癖で、ついつい油断していた。

「き、嫌いって可能性もあるでしょ？」

「そのわりに大事そうに食べていましたよね」

もう私はなにも言えなくなった。私の口から出るのはいつも可愛げのない言葉ばかり。でもそれを彼はものともしない。

私の方が年上で先輩なのに、全然格好がつかない。山田くんはフルーツの乗ったカップを取って「俺はこれにします」と微笑んだ。

紅茶を淹れて、ともにリビングに戻りながら私は口を開く。

「余計な気を使わせてごめんね」

「かまいませんよ。このお店、俺も初めてなんですけど、西野さんが美味しいからお勧めだって言っていたので」

そこで彼の口から紡がれた名前に、心がざわついた。

言った本人はさして気にしていない様子だ。私たちは改めて腰を落とし、デザートのカップを手に取る。

これは西野さんのおかげでここにあるのだと思うと、なんだか素直にスプーンを向けられない。

「市子さん、さすがに上に乗っている苺を最後に食べるのは難しいと思いますけど」

固まったままの私に、山田くんがからかい交じりに声をかけてくる。私は眉を寄せた。

「わかってるよ」

彼の言葉を跳ねのけるかのごとく、遠慮なくカップにスプーンを入れて中身をすくう。口に運ぶと思ったよりも酸味があって甘すぎない分、苺の味が引き立った。

「美味しい」

「それはよかったです」

純粋に漏らした感想に山田くんは安堵の顔を見せた。その後、彼もカップにスプーンを入れる。

「山田くんって西野さんと親しいの？」

「普通じゃないですか？」

彼の普通とはどういうものなんだろう。ただでさえ優しいし、付き合ってもいない私とこんなふうにふたりで過ごしているわけだし。

「お昼を一緒に食べたって言いましたが、ふたりでってわけじゃないですよ。他の同期も一緒でしたから。そのとき、この店の話題が出たんです」

私の悶々《もんもん》とした感情を見透かしたかのようなフォローが入り、ふたりじゃないと聞いて、モヤモヤした気持ちがすっと消えていく。

そして、そんな気持ちになる自分に、またわけのわからない複雑な感情が渦巻く。

「もしかして、市子さん、俺のこと気にしてくれてます？」

黙ったままでいる私に、わずかに弾んだ彼の声が飛んでくる。真ん丸い瞳がこちらをじっと捉え、私は思わずたじろいだ。

「いや、あの。私じゃなくて坂下が」

おかげでしどろもどろになりながら、つい坂下の名前を出してしまった。でも嘘はついていない。

奴が余計な話を私に言ってきたから、こうして私まで変にいろいろ気にしてしまうんだ。そうに違いない。

頭の中で坂下に悪態をついていると、山田くんの顔が少し曇った。

「坂下さん、ですか」

その呟きがどういう意味を孕んでいるのかは読めない。このままの流れで聞いてしまおうか。

山田くんは西野さんをどう思っているのか。恋人はいなくても、好きな人は？

坂下の恋愛のために手を貸すのは、ものすごく不本意ではあるけれど。

「山田くんは……」

でも、それを聞くのは……本当に坂下のため？

踏み出しそうになった一歩を私は急いで戻した。

「ごめん、なんでもない！」

言い放ってうつむき気味になる。気づけば脈拍が上昇していた。いくらなんでも踏み込んでいいことと悪いことがある。

私は山田くんにとってあくまでも職場の先輩でしかない。立ち入った事情を聞く権利はないのに。

　自分に言い聞かせながら調子を取り戻そうとしていると、ふと近くで気配を感じた。ゆっくりと頭を上げれば、向かい合わせに座っていたはずの彼がそばにいて、その顔にいつもの笑みはない。

「市子さんに、どうしても言っておきたいことがあるんです」

「……なに？」

　平静を装って返したものの言い知れない不安が心を覆っていく。目を逸らせないままでいると、ややあって彼の唇が動いた。

「あの、市子さんは十分に女性らしさもありますし、すごく素敵ですよ」

「……はい？」

　私は大きく目を瞠り、先ほどとは違ってあまりにも間抜けな声を上げる。

　いったい、なにを言われたの？　空耳や冗談を疑ったが、目の前の彼は表情を崩さない。

「さっきのポテトサラダの件だって、市子さんはなにも悪くないです。その人、絶対損してますよ。すごく美味しかったのに。なにより作ってもらってその態度はないでしょ。俺は食べられてよかったです。むしろ、また作ってほしいくらいです」

「あ、ありがとう」

彼の怒涛《どとう》の勢いに呆然とする。こんな山田くんを見ることは、なかなかない。

「市子さんが自分を責めたり、傷つく必要はないんです。坂下さんだって、あんなこと言って……」

『本当、女らしくないというか、可愛くないよな』

そこで私は、彼の突拍子もない発言に合点がいった。どうやら坂下が私にした発言を聞いていたらしい。

「なんだ、そんなこと？　大丈夫、気にしてないよ」

私は明るく答えた。山田くんの優しさや真面目さが伝わってきて、笑みが勝手にこぼれる。私を気遣って懸命にフォローしてくれている彼の姿にほんのり心が温かくなった。

彼の優しさをありがたく思う一方で、私には不要なものだと感じる。

「あんな発言、いちいち気にして傷つくほど繊細な心は持ち合わせてないよ。それに自覚あるし。坂下の言い分が正しい気もするし――」

「俺よりも坂下さんの言うことを信じます？」

私の発言を遮るのは鋭い声だった。

いつの間にかじりじりと距離を詰められ、膝と膝とが触れ合いそうなほど近くに山田くんはいた。

その表情に思わず息を呑む。冗談でさらっと流すのもできない雰囲気だ。

「どちらを信じるとかじゃなくて、坂下の意見が一般的なんだろうなって。もちろん山田くんがフォローしてくれたのはすごく嬉しかったよ」

「その言い方からすると、なんだか俺が市子さんを気遣ってお世辞を並べたみたいですね」

「そんなことはっ――」

どう言えば伝わるの？

つい声を張り上げてしまった次の瞬間、私は固まった。

突然肩に強い力を感じたかと思えば、彼の整った顔が目の前にある。大きな瞳が私を捕らえて離さない。

「一般論とか坂下さんとか、どうでもいいです。俺は市子さんのことを女性らしいし、可愛いって本気で思っているんです。それを否定しないでください」

無意識に止めていた息が苦しくて、触れられた肩が熱い。

私は小さく頷いた。正確には声を出すことも叶わず、頭を動かすしかできなかった。

どうしよう。こういうとき、どう反応すればいいの？　だって、真正面から可愛いとか言われたことなんてないし。

視線を落として硬直状態でいると、前触れなく額に温もりを感じた。そこで弾かれたように彼から距離を取って、ソファに腰を沈める。

「そういえば、今日はまだおかえりなさいのキスをしていなかったなって」

さっきまでの真剣な表情はいったい、どこへやら。なに食わぬ顔で告げられ、私は目を皿にした。山田くんはさらにいつもの笑顔を向けてくる。

「市子さんが可愛いからですよ？　わかってくれました？」

「山田くんの思う可愛いの射程範囲がとっても広いのはよくわかったよ」

きっとそこら辺の犬や猫を可愛いと言うのとさして変わらないのだろう。いつもの調子で返して、私は彼を無視して体勢を戻す。食べかけのカップに再び手を伸ばした。

心臓は激しく打ちつけているが、動揺を顔に出さないよう必死だった。舌の上に広がる苺の甘みにホッとしていると、不意にスプーンが差し出される。

その上には半分にカットされている苺が乗っていた。

「はい。俺のにはひとつしかありませんでしたけど、どうぞ」

「いらない。それは山田くんのでしょ」

突っぱねて顔をわざとらしく背けた。私は彼よりも年上で、職場の先輩でもあるのに、さっきから威厳もなにもない。

なんでこんなにも調子を崩されているんだろう。いちいち反応して馬鹿みたい。

「そう遠慮せずに。好きなら素直になった方がいいですよ」

「大きなお世話！」

「市子さんの世話なら喜んで焼きますけど」

笑顔を崩さない彼に脱力する。なんだか本当に意地を張るのが馬鹿らしくなってきた。観念して、差し出されているスプーンの先にじっと視線をやる。

蛍光灯の光を浴びて輝く苺が存在を主張している。意を決して極力彼の方を見ないようにしておずおずと口を開けると、優しく口の中にスプーンが差し込まれた。

今さらながら、これってものすごく恥ずかしいことをしているのでは？

意識すればするほどぎこちなくて、頬が熱くなり、口の中に全神経が集中する。

唇にスプーンの硬い感触があって、舌の上に苺がそっと乗せられた。

スプーンが離れて、私は口の中にある苺をゆっくり咀嚼《そしゃく》する。こんなに苺を味わって食べるのは初めてかもしれない。

「美味しいですか？」

「……うん」

特別な味はしない。苺は苺だ。もしかして山田くんがこのカップを選んだのは、わざわざ私に苺を譲るためだったのかな？

そんな考えに至って山田くんを見ると、彼は至極嬉しそうだった。

「やっぱり市子さんは可愛いな。いつか一緒に苺を食べに行きましょうか」

どこに？　それって苺狩りのことを言っているの？

疑問が湧いたものの深くは突っ込まない。もう言い返す気力もない。でも、言い返す必要も本来はないんだ。

山田くんがかけてくれるのは、いつも優しくてまっすぐな言葉ばかり。それを素直に受け取れない自分はやっぱり可愛くないと思うし、ひねくれている。

年上とか、先輩とかあれこれ理由をつけてはいるものの、根本的な私の性格なんだろうな。

きっと彼には同じようにキラキラした女性がお似合いだと思う。たとえば、西野さんみたいな――。

勝手に浮かんだ考えを急いで打ち消した。細い紐《ひも》みたいなもので胸をぎゅっと締めつけられたような痛みが走る。

やっぱり山田くんは私とは正反対で、彼は私には眩しすぎるんだ。

第三章　おにぎりの具はおかかです

怒涛の決算期を終え、心なしか落ち着いた十月初旬。そろそろ字の歪みが限界を迎えたので、私は右手を止めて時計を見た。

ちょうどお昼に差しかかる時間帯で、デスクの上で山になっていた葉書も半分ほどになっていた。持っていたペンを放ち、ぶんぶんと右手を振る。

今度のキャンペーンの告知を兼ねて、担当するお客さまにＤＭを送るべく、メッセージ書きに勤しんでいた。

宛名などはすべてデータ化されたシールを貼るのだが、一言手書きのメッセージを添えるのが慣例になっている。

こういうとき自分の苗字が〝御手洗〟と画数が多いのが憎い。同じメッセージばかり書きすぎてゲシュタルト崩壊を起こしそう。

手だけではなく、肩の凝りもほぐそうと両手を思いっきり天井に突き上げる。上半身を伸ばした後、机に突っ伏した。

あと三十枚くらいかな。

目算していたら机ががたっと音をたてた。思わずそちらを見ると、山田くんが外回りの準備をして立ち上がっていた。

「あれ？　山田もう出るの？」

同じくメッセージ書きに精を出していた坂下が声をかける。

「はい、今日は予定が立て込んでるので」

「昼飯ちゃんととれよ」

「ありがとうございます」

先輩らしい――いや、実際に奴は先輩なのだが――坂下の声を受けて、山田くんは律儀に頭を下げて部屋を出ていく。

そこで私はあることを思い出し、予定表に視線を送ってから、急いで自分の荷物を持って立ち上がった。

「山田くん！」

通用口から外に出ようとする彼を、声を張り上げて呼び止めた。まさか私が追いかけてくると思っていなかったのか、山田くんは目を丸くしてその足をこちらに向ける。

「い……御手洗さん。どうしたんですか？」

「これ」

あれこれ説明する前に、追いついた私はカーキ色の小さなバッグを彼に突き出した。

「自分用で適当な、おにぎりと玉子焼きだけだけれど。これ、持ってって」

「え？」

突然差し出されたものに戸惑う山田くんをよそに、一気に捲したてる。

「この前も、忙しさのあまり昼食抜いたでしょ？　駄目だよ、若いからってそんな無理して。どこかで祟《たた》るよ。営業は体力勝負なんだから」

「でも、俺がこれをいただいたら御手洗さんが……」

「私は午後店頭待機で、買いに行く時間があるから」

早口に告げたものの、まだどこか渋っている彼に軽く一喝する。

「いいから。お客さまとの約束に遅れたら承知しないよ？」

もうちょっとマシな言い方があるはずなのに。こんな押しつけがましいことをしておいて。

内心で葛藤しつつも私の発言が効いたのか、山田くんは私からようやくバッグを受け取った。

「では、お言葉に甘えます。ありがとうございます。いってきますね」

「うん、気をつけて」

今度こそ彼を見送る。この前とは立場が逆で、すっと伸びた山田くんの背中を視界に捉え、私はフロアに戻った。

「お前、わざわざ小言言いに行ったのかよ」

戻ってきてすぐさまかけられた言葉は、私の気分を急下降させた。言うまでもなく坂下だ。

「あのねぇ――」

「すみません」

なにか言い返す前に違うところから声が届き、私も坂下もお互いの顔から視線をはずす。

「山田くんってもう出ちゃいましたか？」

部屋の出入口にいたのは西野さんで、柔らかく巻いた髪をハーフアップにして受付の制服を身にまとってこちらを窺っていた。

基本的に私を含め女性でも営業はパンツスーツが多いが、受付は必ずスカートだ。すらりと伸びた足はとても女性らしい。

「西野ちゃん、どうしたの？」

すかさず答えたのはもちろん坂下で、西野さんは困ったように眉尻を下げる。ボリュームのある睫毛が目を伏せた際に影を作りそうだ。

「いえ。今日は予定が立て込んでいるからお昼を食べる時間がないかもって話していたので、よかったらお弁当を、と思ったんです」

「えー、弁当!?」

なぜか坂下が歓喜の声を上げたが、あんたにではないでしょう、と心のうちで突っ込む。

「あいつもう出ちゃったよ。タイミング悪いよなぁ、西野ちゃんの弁当を食べられないなんて。俺なら絶対に後悔するね」

渡そうとしたのは、私と同じで自分用のお弁当なんだろう。西野さんの手にある巾着はピンク地に白い花があしらわれていて、その中身がどんなものか予想するまでもない。

少なくとも私の渡したものより丁寧に作り込んであるのは容易に想像がつく。味も彩《いろど》りもいいんだろうな。

「お前もさ、追いかけてまで仕事の話をするくらいなら、西野ちゃんみたいにそういう気遣いを見せてやれよ。だからモテないんだって」

あえて私を引き合いに出さなくてもいいのに。本当にこの男は一言多い。

じろりと坂下を一瞥して、私は無言で自分の席に戻った。坂下はまだ西野さんとなにかを話している。

その会話はもう耳には入ってこない。私はちらりと西野さんを見た。

あれを彼に渡すのは、どっちみちタイミング的には間に合わなかったと思う。でも、なんだか自分がとんでもなく余計なことをしてしまった気になる。

あんな言い方をして渡すくらいなら、恥じらいながらも素直に気遣いを見せられる彼女のお弁当の方がよっぽどよかったんじゃないのかな。

自然にため息が漏れ、慌てて気を取り直す。私は積んでいた葉書の束に再び手を伸ばした。


お客さまに飲み物を出すのは、たいていは受付の仕事だ。どこぞのファミレスかのごとくドリンクのマシーンがフロアの一角を陣取っていて、お客さまの希望を聞いてそこからお出しする。

それとはべつに、小さめの社員専用のドリンクバーの機械が裏にあり、社員はわりと自由に使えるのがなかなか嬉しい特権だ。

待機組だった私がそこで飲み物にありつけたのは、午後四時半過ぎだった。

前々から何度か足を運んでくださっていたお客さまとの約束があって、それを終えて休憩しようと思ったところに、寝耳に水の知らせが届いた。

なんと担当しているお客さまが事故を起こしたらしい。

今から車を持ってくるとの連絡を受け、代車の準備や提携している保険会社への連絡、修理の見積もりなどをする手筈《てはず》を整えるために奔走し、今まで息つく暇もなかった。

さすがに喉が渇いて、ここは冷たいものにしようとアイスティーのボタンを押す。

「お疲れさまです」

そのとき不意に後ろから声がかかってそちらを見ると、戻ってきた山田くんが笑顔で立っていた。しかし、その顔がすぐに神妙なものになる。

「佐竹《さたけ》さんが事故に遭ったって聞いたんですけど、大丈夫ですか？」

「うん。ちょうど佐竹さん本人は乗っていなかったって。路肩に停めていたところに、バックしてきた軽トラと接触したみたい。助手席側のドアをあおりの角で思いっきり引っかけた様子だったから、ドアごと取り替えるっていう話で落ち着いたよ」

「怪我人が出なかったのはよかったですね」

同意して視線を逸らす。山田くんはコーラのボタンを押してからカップを取ると、辺りをキョロキョロと見回してその長い足を踏み出し、身を寄せてきた。

「市子さん、お昼はありがとうございました。おにぎりとっても美味しかったです。時間がない中でさっと食べられるのはありがたかったです。鰹節《かつおぶし》が入ったもの、すごく久しぶりに食べました」

「そう」

会社なのもあって、私はそっけなく返した。そこまで褒められるような代物ではないと思う。むしろ……。

「強引に、ごめんね」

「え、なんで謝るんですか？」

わけがわからない顔をしている彼を尻目に、その場をさっさと離れようとした。ところが、カップを持つ手と反対の手が取られて思わず目を瞠る。

「お礼にご馳走させてください」

まさかの申し出に私は瞬《まばた》きを繰り返した。逆に山田くんには散々ご馳走になっている気がする。家で料理をするのを含めて。

「いいよ。お礼されるほどのものじゃないし」

「でも――」

「いいから。そんな気遣いは無用！」

食い下がろうとするのを振りほどきたくて、強く言いきる。いくら休憩中とはいえ、ここは職場だ。そんなふうに言い訳して正当化してみるものの、また可愛くない言い方をしてしまった。

そんな考えが頭をよぎって、次に起こるのは戸惑いだった。モヤモヤとしたこの感情はどこから湧いてくるの？

可愛いとか、可愛くないとか……これが私なのに。今さら、山田くんにどんな人間と思われようと関係ないのに。

沈黙に包まれ、取られていた手が離された。居た堪れなくなり、今度こそこの場を後にしようとする。

けれど彼の口から「それなら」と接続詞が続いて紡がれた。

「仕事のことで相談があるんです。聞いていただけません？」

「仕事の相談なら、就業中に聞くけど？」

「御手洗さん、DM書き終えました？　あと佐竹さんの保険や修理など、上に出す報告書の作成も残ってますよね」

痛いところをつかれて私は言葉に詰まる。結局、忙しすぎてDMもまだ書けていないし、佐竹さんの件もそれぞれ処理はしたものの、会社に残しておく報告書をまとめなくてはいけない。

それを見越してか、彼はにこりと微笑んだ。

「お忙しいところ申し訳ないですが、個人的用件なのでご飯でも食べながら聞いてください。もちろんご馳走させてくださいね」

もうここまでくると、頑《かたく》なに拒否する気力もなくなった。

べつにすべて今さらだ。お礼とか、ご馳走とか。いちいち追及するのも面倒に感じる。まだ仕事は残っているし、なにより彼とご飯を一緒に食べるのは決して嫌じゃない。

それに本当に仕事の相談があるなら、先輩として聞いてあげるべきだ。結局、私は山田くんの提案に渋々応じることにした。


「ラーメン、ですか？」

「ラーメン、ですよ」

店の前まで来て、複雑そうに呟く彼の口調を真似て返してみる。一通りの仕事を終えて、山田くんがいろいろと提案してきたお店をすべて却下し、彼を連れてきたのは行きつけのラーメン屋だ。会社からあまり距離もないので、車は置いて徒歩でやってきた。

お洒落とまではいかなくても女性一人でも十分に入りやすい雰囲気で、夜遅くまで営業している。

スープは塩が一押しで、私はここの数量限定のゆず塩鶏ラーメンがお気に入りだ。今日は時間が時間なので、もうないかもしれない。

「ラーメン、嫌い？」

「好きですよ。でも……」

あまり気乗りしていない彼に気づかないふりをして、店内に足を進める。自動ドアが開くと、若い女性店員が「お好きな席へどうぞ」と声をかけてきたので、ざっと店内を見渡し空いている四人がけテーブルに座った。

平日の夜は、そこそこ空いていた。

「私、もう決めてるからメニューどうぞ」

正面に座ったタイミングで、彼に備えつけのメニューを差し出す。

「市子さんのお勧めってあります？」

「うーん。ここは塩ラーメンが一番のウリだよ」

「じゃあ、ねぎ塩ラーメンにします」

「他になにかいる？」

てきぱきとメニューを決めて、水を持ってきた店員にそのまま注文を済ませた。幸い、ゆず塩鶏ラーメンもまだ売り切れていなかったので心なしか気持ちが浮上する。

メニューを所定の位置に戻して、改めて視線を彼に合わせた。

「で、相談ってなに？」

「この前お相手をしたお客さまが、どこの車を購入するかで悩んでいたんです。車を買い替えるのはもう決めているそうですが、車種で迷っていらして。ベゾンダーと似たタイプのスペチャーレがもうすぐモデルチェンジをするから、安くなるのを待ってそちらにしようかと気持ちが傾いているみたいなんです。うまくベゾンダーの方を勧められなくて……」

スペチャーレは他社の車で、ベゾンダーとタイプが似ている。ミニバンほどの大きさもなく、スタイリッシュさも兼ね備えている。

大体並んで比較される、いわば同系列の競合車だ。そのスペチャーレが来年の春にモデルチェンジするのは聞いている。

それに合わせて今の型が比較的安く買えるようになるのは、誰もが知るところだ。対するベゾンダーは一足早くモデルチェンジしたばかりで、CMもバンバン打ち出しているが、その分値段はやはり張る。

「価格だけで言うとこちらに分が悪いから、装備や燃費で推していくしかないね」

「そう、なんですよね。あっちとの大きな違いといえばシートでしょうか。ベゾンダーの二、三列目のシートを移動させて自由に使えるのは、あちらより優れていると思いますし」

「スペチャーレは今度のモデルチェンジでは改善するみたいだけれど、今のタイプはシートを横に上げるから、積載性でいえばうちの方がいいよね。あと、走行スペックと燃費だけだとあまり大差がないから、安全装備で推していくとか」

「なるほど。安全装備で推すのはあまり考えていませんでした」

感心した声を彼が漏らしたタイミングでラーメンが運ばれてきたので、話を中断する。

失礼ながら思ったよりも相談内容が真面目だったので、これならもう少し落ち着いて話せる場所がよかったかな、と心の中で後悔する。

べつに意地を張ったわけじゃない。

ただ、お礼として食事の誘いを受けてしまったら、私以外の誰かがお弁当を渡した場合でも、山田くんはきっとお礼として食事に誘うんだろうな。

それこそ、もしも西野さんがあのお弁当を渡していたら、きっと今頃彼は女性が喜びそうなお洒落なお店で、西野さんと食事を楽しんでいたに違いない。

想像すると、鈍い痛みが胸の奥で疼《うず》く。山田くんが誰となにをしようと私には口を出す権利はない。

彼が優しいのは十分に理解しているし、この状況はあくまでもご飯を食べるがてら、職場の後輩からの相談を先輩として聞いているだけ。

男女の妙な色気など存在しないし、そんなものは私たちには……いや、私には必要ない。

必死に自分に言い聞かせているのがなんだか滑稽で、逆に言えばそれだけ意識しているんだとは突きつめて考えないようにする。

透明のスープをレンゲですくって口に運びつつ、目の前の彼に視線を戻した。するとあまり箸が進んでいないことに気がつく。

「どうしたの？　お口に合わない？」

「いえ、とっても美味しいですよ」

そうは言っても山田くんの表情はどう見ても渋い。なんだか無理にラーメン店に決めてしまって、今になって申し訳なくなる。

「無理しなくていいよ。苦手なら」

「違うんです！」

否定の言葉は右手に箸、左手にレンゲを持ったまま告げられた。ややあって山田くんは大きくため息をついて、項垂《うなだ》れる。

「すみません。俺、ラーメンは好きなんですが、食べるのが苦手なんです」

「……猫舌ってこと？」

山田くんの言葉を咀嚼して、考えられる答えを導き出す。しかし、それは彼が首を横に振り、否定した。そうなると、どういう意味なのかよくわからない。

「すするのが苦手なんです。というより、できないかも」

「へ？」

まさかの〝苦手なこと〟に私は目が点になった。そんな私に対し、彼は気まずそうに顔を背ける。そしてぼちぼち事情を語り始めた。

「外国にも日本のラーメン屋って結構あるんですよ。日本食は元々人気ありますし。でも、あっち、とくにヨーロッパでは、すするのはお行儀悪いことってされているから、そりゃもうみんなものすごく静かに食べるんです。そもそもすするのができない人も結構いますし。すごい人は、ラーメンはスープ感覚で汁だけ飲んで、麺や具を残して帰ったり」

「ええっ」

素直に驚きの声が漏れる。それはもうラーメンと呼んでいい代物なの？

同じ食べ物でも場所が変われば、食べ方やメニューの在り方も変わるらしい。山田くんはさらに続ける。

「そんな状況で育ったおかげで、すすらずに食べる癖がついちゃって。今さら思いきりすするのが、なんだか逆に後ろめたいといいますか」

なるほど。これでようやく事情を理解した。箸がなかなか進まないのは、猫舌でもラーメン嫌いでもなく、すすらずにちょこちょこ食べているからなんだ。

「ごめんね、苦手なのに付き合わせちゃって」

「いいですよ。俺がカッコつけただけなんです」

そう言いながら、山田くんは箸で麺を懸命に口に運んでいる。たしかに見ようによってはかなりお上品な食べ方だ。じっと見つめていると、食べている彼と視線がばちりと交わった。

「あんまり見ないでください」

ぶっきらぼうな物言いは嫌悪より照れくささからだろう。おかげで私は謝罪の言葉とともに、つい笑みがこぼれてしまった。

「ごめんね。でも私の前でカッコつけなくてもいいよ。そういうのは他の女性の前だけでいいんじゃない？」

意外に、こういう山田くんでも可愛い！とか言われて受け入れられそうな気もするし。

彼がなにか返そうとしたが、その前に私から珍しく問いかけた。

「山田くんって、そんなに外国暮らしが長いの？」

「長いですよ」

彼は自分の生い立ちを簡単に語ってくれた。小学校低学年までは日本で暮らしていたが、お父さんの仕事の都合で、一家で渡独をすることになったんだとか。

そのお父さんの仕事が、ドイツに本社をかまえる世界的に有名なお菓子メーカーの重役と聞かされ、これには驚いた。

お父さんは元々留学してヨーロッパの大学と院を出た経緯もあり、日本ではなく本社で採用されたらしい。そして日本で本格的に売り出すために、こちらに来ていたそうだ。

今では日本のメーカーと提携して、当たり前のように馴染み深いものになっている。そこに至るまでに、彼のお父さんが絡んでいたとは思いもしなかった。

もちろん私も何度も口にしたことがある。紫色のパッケージが独特でフレーバーが多いのも特徴だ。

「え、でも反対されなかった？　お父さんと同じようにそっちで就職もできたわけでしょ？　なんでわざわざ帰国して、うちに就職しようと思ったの？」

これは当然の疑問だ。彼の育った環境や両親の事情を思えば、うちよりも、もっといいところに就職できただろう。それにヨーロッパでの生活が長いなら、日本で就職するのはより難しかったはずだ。

現地の学校に通いながら、日本語を忘れないために補習校にもずっと通っていたらしい。私だったら考えられない生活だ。

山田くんは一度箸を置いて、レンゲを右手に持ち替えた。大分、麺を食べたみたい。一拍間が空き、なにかを思い出すように言葉を噛みしめながら返してくる。

「基本的に子どもの意思を尊重して、あまりあれこれ口を挟まない両親なので。むしろ若いうちにいろいろな経験をしておくことは大切だって言われました」

「だからって、どうしてうちに……」

「叶えたい夢があるんです。もう、ずっと前から決めていたことがあって。それを叶えるために、今ここにいるんです」

さっきまでとは打って変わって、あまりにも迷いのないはっきりとした物言いだった。その声も、瞳も、表情も、すべてで真剣さを伝えてくる。

「それは……叶えられそう？」

いくらか間が空いて尋ねると、山田くんは軽く首を傾《かし》げた。

「どうでしょう。まだ自分の努力が足りないからか、なんとも言えません」

思わずどんな内容なのかを尋ねようとして、慌てて口をつぐむ。自分たちの関係を考えたら踏み込んでいいのかわからなかったから。それがどこかもどかしくもあった。

「……叶えられるといいね」

弱気な彼を励ますべく私は返した。きっと叶えられるよ！なんて無責任な発言はできない。

少しだけ山田くんの事情を知ることができて、嬉しいような、寂しいような。やっぱり彼とは住む世界が違いすぎるんだと改めて思ったから。

「ありがとうございます」とお礼を告げられ、帰り支度を整え始める。彼の方も無事に食べ終えたみたいでホッとした。

伝票を取ろうとする彼の手よりも先に、私がそれをさらった。

「今日は私がご馳走するよ」

「そんな」

がたっと音をたてて立ち上がる山田くんに倣って、私も腰を上げる。

「いいよ。私の希望で、食べるのが苦手なラーメン食べさせちゃったお詫《わ》び」

さっさとレジに足を進めると、さすがにレジ前で言い合うのはナンセンスと思ったのか、彼は口を閉ざした。会計を済ませて、店員たちの見送りの言葉を受けて店を出る。

自動ドアが開いて、店に入る前はやや肌寒く感じた空気が、今は食後なのもあり火照《ほて》っている体に心地いい。

ドアが閉まったタイミングで、待っていたと言わんばかりに後ろにいた彼が口火を切った。

「市子さん。お昼もご馳走になっちゃいましたし、相談にも乗ってもらって……このままじゃ俺、してもらってばっかりですよ」

「そんな気にしないで。これくらい……先輩が後輩にするのは当たり前だよ」

軽く顔だけ向けて返したら、山田くんはなんだか傷ついた顔になった。そのことに不安が走る。

どうしよう、彼にもプライドがあるだろうし、それを傷つけちゃったかな。

でも、どうすればよかったんだろう。こういうとき可愛く甘えたり、男性を立てたりする術を私はもっていない。しょうがない、これが私だ。……けれど。

私は彼の方に足の爪先も向けて、ちゃんと対面する。

「もしよかったら改めてご馳走して。今度は山田くんが気を使わなくていいところで」

精いっぱい考えを巡らせて出た言葉がそれだった。平日の夜とはいえ、このラーメン店を含め近くには飲食店が並んでいて、なかなか人の出入りが激しい。各々好き勝手に目的地に向かっている中で、スーツを着た男女が立ち止まって向き合っているので、私たちはやや浮いていた。

彼が目を引く外見なので、余計にだ。

「じゃあ、またラーメン屋に連れていってください」

「え？」

彼の顔は、すっかりいつもの笑顔に戻っていた。そのことにホッと胸を撫で下ろす。

「言いましたが、食べるのは苦手ですけどラーメンは好きなんです。でも、やっぱりラーメンってお店で食べるものだし、なんとなくわざわざひとりで行くのも気が引けていたので。よかったら市子さんがまた一緒に行ってください」

「……私でよければ」

短く告げて、唇をきゅっと結ぶ。勝手に溢《あふ》れそうになる気持ちを懸命に押し留めた。彼が麺類を食べるのを苦手だって知っているのは、何人くらいいるのかな。

山田くんはきっと他の女の子とはラーメン屋には行かない。そうなると自分が特別な気がして。それがどうもくすぐったい。

「御手洗？」

夜の喧騒の中、不意に疑問形で名前を呼ばれ、反射的に冷静になった。山田くんから視線をすっと逸らして横を向くと、そこには、坂下と……。

「お疲れさまです、坂下さん。西野さんも」

そう、なぜか西野さんが坂下の隣にいた。昼間に見た受付の制服姿から私服に着替え、Vネックの薄手のブラウンニットにベビーピンクのスカートと、華美すぎず女性らしいコーディネートでまとめている。

おそらく食事にでも行っていたのか。恋人のような甘さも、距離の近さもない。とはいえ、それは私たちも同じだ。

「これは、その、坂下さんに、仕事のことで相談に乗ってもらっていたの」

こちらがなにかを指摘したわけでもないのに、西野さんがあからさまに坂下から距離を取る。その態度に坂下が残念そうな顔をしたので、ちょっと笑いそうになった。

山田くんを見ていた西野さんが、窺うような視線を私に向けてきたので、それを坂下が汲《く》んでやる。

「お前らはどした？」

「そっちと同じ。営業のアプローチの仕方でちょっと相談に乗ってて」

「にしても色気なさすぎだろ。普通、女子が連れていく店か？　どうせまた飽きもせず、いつもと同じラーメン目当てか」

「いいでしょ、好きなものを食べて」

呆れた坂下の意見はこの際無視だ。会社から近いのもあって、私がよく通っているのを坂下も知っている。

それにしても歩道とはいえ、人の流れのあるこの場所でいつまでも大人四人が立ち話をしているのは、どう考えても邪魔だ。

さっさとこの場をやり抜けようとしたら、坂下がまさかの提案をしてくる。

「山田、ちょっと俺の代わりに西野ちゃんを送っていってやってくれないか？」

まさかの発言にその場にいた全員が虚をつかれる。坂下の意図がまったく読めずにいると、奴はこちらに視線をよこしてきた。

「ちょっと御手洗に話があるんだ。ここで会ったからちょうどいいと思って」

「そんな、今!?」

「お前らの話はもう済んだんだろ？」

どう考えても快く受け入れられそうにない。露骨に嫌な顔をしてみせるが、坂下はものともせず、強く言いきった。

「とにかく少し付き合えよ。山田、西野ちゃんを頼んだぞ。今日、昼飯食べていないお前を気遣って、わざわざ弁当を持ってきてくれたんだ」

告げられた事実に心臓が大きく鳴った。私は無関係のはずなのに。山田くんが驚いた顔を見せ、西野さんが照れてうつむき気味になる。

そんなふたりを眺めていると、いつの間に近づいてきたのか、坂下が私の腕を取って歩きだした。文句さえ言えずにされるがままでいると、いきなり肩に腕を回され、強引に引き寄せられる。

「ちょ、どういうつもり!?」

「いいからここは協力しろよ。なんか奢《おご》ってやるから」

ひそひそと小声で訴えかけられ、いつになく真剣な坂下の声と表情に、わずかに動揺する。

にしても、この男は西野さんが気になっていたのに、山田くんに西野さんを送らせるとか、どういうつもりなんだろう。

好きだからと彼女の幸せを願って、あっさり身を引くようにも思えない。

私は背を向けているふたりの方をちらりと見た。お弁当の件でやりとりし、和やかな雰囲気で談笑している。客観的にこうして見てもお似合いだと思う。

少なくとも彼の隣に私がいるよりは。

そのとき、ふと山田くんと視線が交わってしまった。ばちっと音がしそうなほど見事なもので、私はなにも悪いことをしていないのに、さっと顔を背けてしまう。

いい加減、坂下の腕が重い。どうせ会社に車を置いているから、帰りはタクシーを利用すればいいか。

「わかった。とりあえず、あんたの奢りで飲みに行ってあげるわ」

はあ、とため息交じりに小さく告げると、坂下はようやく回していた腕を解放してふたりに向き合った。

「西野ちゃん、ごめんな。山田、頼んだぞ」

私もなにか言わねば、と思い渋々振り返る。

「山田くん、また仕事でなにかあったらいつでも言ってね。今日はお疲れさま」

「……はい、ありがとうございました。お疲れさまです」

「西野さんをちゃんと送っていってあげてね。西野さんもお疲れさま」

「お疲れさまです」

言い終えてから勝手に気まずくなり、山田くんからも西野さんからも素早く視線をはずす。坂下が颯爽《さっそう》とこの場を後にしようとするので、私もそれに続いた。

山田くんと西野さんはこれからどうするんだろう？

気になりながらも、振り返ることはできずに足を進めた。

しばらく歩き、目的地に予想がつく。社員の間ではなかなか評判がよくて、私も二回ほど行ったことのあるバーだった。

中に入ればラテン系の音楽が流れ、照明が落とされた店内は独特の世界観だ。

テーブル席に座るほどでもないと思い、カウンターに並び、坂下はビール、私はカシスオレンジを注文した。

「で、どういうつもり？　彼女のことは諦めたの？」

もういいだろう、と思って愛想なく坂下に尋ねる。

「まさか。急がば回れって言うだろ？」

「意味がわかんないんだけど」

頼んだ飲み物が早くも正面から手渡され、一度話を中断する。

この男と乾杯することもとくにないが、とりあえず「お疲れ」と言いながらグラスを合わせた。

「ここだけの話、あまりにもお前が頼りないから、俺が山田に彼女がいるのかって聞いたんだよ」

口に含んだカシオレを思わず吹き出しそうになった。まじまじと坂下を見つめると、坂下はにやりと笑った。途端に思いっきりだらしない顔になる。

「あいつさぁ、彼女はいないけれど好きな奴がいるんだって。誰かは教えてくれなかったものの西野ちゃんじゃないのはたしかみたいで……。ってことは西野ちゃんの片想いの結果は見えているわけだ」

坂下の狙いがようやくわかって、私は再びカシオレを口に含んだ。坂下はかまわず得意げに隣で話を続ける。

「こうして親身になって協力して好感度を上げつつ、西野ちゃんが山田に振られたら全力で行くことにする」

つまり西野さんに協力して、二人の仲を取り持つ素振りを見せながらも、その腹では西野さんを山田くんに焚《た》きつけて、失恋するのを待っているわけだ。それは、なんとも……。

「あざといね」

「ガンガン押すだけが手に入れる方法じゃない。正しいタイミングとやり方を見極めるのが営業だろ」

なにをカッコつけているんだ、この男は。

私はグラスをテーブルに戻した。中の大きな氷がカランと揺れる。

坂下のやり方は、ある意味で賢いのかもしれない。ただしそれはあくまでも前提が正しい場合だ。

「人の気持ちなんてわからないじゃない。仮に山田くんに好きな人がいたとして、彼も片想いなら西野さんのアプローチに負けちゃうかもよ。彼女が魅力的なのは、あんただってよくわかってるじゃん。あんなふうに自分のためにお弁当まで持ってきてくれた健気《けなげ》な話を知ったら、気持ちが揺れ動くかもよ？」

自分で言って、ズキズキと胸の奥の方が痛みだす。だって私は知っている。山田くんに好きな人がいるのはおそらく嘘だ。

好きな人がいるなら、私とプライベートで過ごしたりしない。好きな人がいる素振りも見たことはない。とはいえ彼が全部うまく隠しているのなら、本当のところはわからない。

汗を掻いているグラスをぎゅっと握りしめると、手のひらがじんわりと濡《ぬ》れた。冷たさを感じて手を拭こうとしたが、隣から反応がないのでちらりと視線を送る。するとと坂下が顔面蒼白《がんめんそうはく》になっていた。

「え、俺、もしかしてやっちゃった!?」

口に手をやり、思った以上に落ち着きを失っている。

「いや、それはわかんないけどさ」

「今頃、送っていったついでに、西野ちゃんの家でふたりで過ごしてるとかないよな!?」

「だから、わかんないって」

苛立《いらだ》ちを含ませて返すと、坂下は急に魂が抜けたように大げさに項垂れた。

「山田め、優男に見せかけ、送り狼《おおかみ》になってたらマジで許さねぇ」

けしかけたのは、あんたでしょ。……とはもう言わなかった。面倒な男だ。

事実は知らない。でも西野さんは山田くんが好きで、そんな彼と今ふたりきりなんだ。家に送ってもらっている絶好のシチュエーション付きで。そして、その相手が誰よりも優しいのを私はよく知っていた。

『西野さんのアプローチに負けちゃうかもよ』

自分で言った言葉が頭の中でリフレインする。

だったら、なに？　べつに私と山田くんは付き合っているわけでもない。本当に、ただの職場の先輩と後輩なんだ。

「そういえば例の自動車学校の件、進んでるのか？」

はっと我に返った。坂下は自分なりに気持ちを切り替えたらしく、仕事の話を振ってきた。

「うん。上までほぼ話は通っているみたいで、おそらく本決まりすると思う」

「だとしたら、下半期の功労者賞は確実だな」

面白くなさそうに漏らされ、私は一瞬だけ眉をつり上げた。この男はこういう奴だ。いちいち気にしていたらきりがない。

私が前々から営業に当たっている自動車学校で、教習車を次回に一新する際、他社からうちのメーカーに替えてもらう段取りをつけたのだ。

一昔前は、教習車は見るからにというデザインのものが多く、通う側からしても車をさほど気にすることもなかった。

しかし少子化か若者の車離れか。教習所も競争が激しくなり、サービスの向上や他社との差別化を図って、ひとりでも多く通ってもらおうと必死なのだ。

教習車においても見た目やメーカー、車種などが重視され、お洒落さや運転してみたい気持ちをくすぐるために、そこそこ名の知れた車も重宝されるようになった。

自動車メーカーが自動車学校に営業をかけるのは基本だ。そこで免許を取得した人への営業にも繋がるし、新車を購入する際、乗り慣れた教習車と同じタイプの車で、なんて人も意外にいたりする。

「あそこ、校長がなかなか面倒だって聞いたぞ」

「私はまだお会いしたことがないんだ。本決まりしたら、支店長と挨拶に行くとは思う」

それから坂下としばらく仕事の話で盛り上がる。この男とこうしてふたりでプライベートな時間を過ごす機会は今までほとんどなかった。

いつになく新鮮なのもあり、おかげで山田くんと西野さんがどうなったのか、一時忘れることができた。


店を出て大通りに出ると、さすがに人通りは少なくなっている。坂下と別れて素早くタクシーを拾った。

結局、坂下とはなんだかんだ二時間近くだらだらと喋り続けてしまった。疲労感がどっと押し寄せる中で、後部座席のシートに身を預ける。

マンションまではワンメーターの距離だが、近づくにつれて私の心臓は早鐘を打ちだした。

なにをこんなにも不安になっているんだろう。

タクシーから降り、なにかを振りはらいたくて沈黙が刺さりそうな共用のスペースをいつもより大股で通り抜けていく。

自宅のドアの前で鞄から鍵を取り出したところで、自然に隣の部屋に顔を向けた。

さすがにもう、帰ってきているかな。

そこで軽く頭を振り、時間帯もあって極力音をたてずにドアを開けた。後輩とはいえ山田くんもいい大人だ。どう過ごそうと私には関係ない。

なら、私と彼の関係はなんなの？

職場の同僚で、家が偶然にも隣同士でご近所。一回だけ寝てしまったものの、それ以降接触はない。

……友達？

浮かんでは否定して、を繰り返す。明確に表せる言葉を必死で探したが、見つからない。それが妙に気持ち悪くて奥歯を噛みしめた。

はっきりさせたいの？　私は彼とどうなりたいの？

なにも答えが出ないまま、苛立ちをぶつけるように後ろでまとめていた髪をほどいた。

リビングに突き進み、続けてソファに乱暴に鞄を放り投げる。

いつも彼が座っている場所をじっと見つめて、正体不明のイライラを落ち着かせようと深呼吸する。自分で自分の感情がうまくコントロールできない。

こんなのは嫌だ。私らしくない。

なにもかもを流してしまいたくなり、私はシャワールームにさっさと足を向けた。

第四章　麻婆豆腐に花椒は必須

今日はいつもより早い出勤だ。昨日、坂下と飲むはめになって車を会社に置いてきたので、公共交通機関を利用して出社するしかない。

基本、制服は出社してから着替えるのを推奨されているが、出社前に直接お客さまのところに出向くときや予定次第では制服を着て家を出る。今の私がそうだった。会社に着いたらそのまま社用車に乗り換えよう。

ヒールの音を響かせないように、静かにエレベーターを目指す。あんなにも空が白むのが早かったのに、いつの間にか夜が支配する時間が長くなってきている。こんなときに時間の流れの速さを感じた。

エントランスからエレベーターが上がってきて、その扉が開いた。もちろん中には誰も乗っていない。乗り込んで一階のボタンを押した後、ドアが閉まるのをぼんやりと待つ。そのとき、ゆっくりと狭まる向こう側に人影を見た。

あっ、と思ったときには完全に世界は遮断され、エレベーターは独特の機械音とともに下降を始める。

見間違いでなければ山田くんだった、ような気がする。心臓がどくどくと痛みを伴って音をたて始めた。確信はもてない。

けれど、一瞬だけ目が合った。私がそう思うなら、彼も私に気づいたかな。偶然？　それとも私になにか用事が？

あれこれ考える暇もなく、あっという間にエレベーターは一階に着き、ドアが開くのと同時に外に出ようとした。しかし、一歩踏み出たところで足が止まる。

「え？」

今度は声を上げた。なぜならそこにはスーツを着て、呼吸を乱した山田くんの姿があったから。膝に手をついて肩で息をし、表情までは読めない。

「どうしたの？　大丈夫!?」

「よかっ、た。間に合って」

近寄って尋ねると、切れ切れな声が返ってくる。おそらく全力疾走したのだろう。

下りとはいえ四階から一気に階段を下りるのはどう考えてもキツい。

「市子、さんに、どうしても聞きたいことが、あったんです」

大きく息を吐いてから、彼は勢いよく顔を上げて姿勢を戻した。

「なに？」

「昨日、大丈夫でしたか？　何時に帰ってきました？」

「大丈夫って……」

どうしても聞きたいことってそんな内容？

あまりにも切羽詰まった山田くんの物言いに、逆に拍子抜けしてしまう。それは私の顔に出ていたらしく、彼がむっとした表情を見せた。

「俺のときみたいに酔って大変なことになってるんじゃないか、って心配してたんです。坂下さんも一緒だし、そんな市子さんにつけ込んで、なにかあったらって」

「ないない。私と坂下は、どう考えてもなにもないって」

「そんなの、わからないじゃないですか」

必死に訴えかけてくる彼には申し訳ないが、坂下となんて想像するだけで鳥肌が立つ。冗談にしても面白くなさすぎだ。

しかし山田くんは本気らしく、私から目を逸らさない。

無理もないか。なんたって私と彼との、この妙な関係の元を正してみると、私の信用がないのも頷けてしまう。

「心配かけてごめんね。でも山田くんのときは、本当にちょっとはめをはずした……って言えばいいのかな。超例外的であってね」

おかげでなぜか言い訳する事態に陥ってしまう。そもそも私より山田くんはどうだったんだろう。

「山田くんこそ、西野さんを送っていって……それだけだったの？」

この流れで聞いてもおかしくはない、よね？　かなり曖昧な聞き方ではある。

「ええ。それだけです。ちゃんと送っていきましたよ」

「本当に？」

「他になにがあるんですか」

よほど興味がないのか、触れてほしくないのか。ぶっきらぼうに返されて「それより市子さんですよ」と、また話題を戻されてしまった。

私のことこそどうでもいいと思う。時計を確認したら山田くんも状況を把握したのか、急に申し訳なさそうに眉尻を下げた。

「呼び止めてしまって、すみません」

「いいよ。山田くんは、こんなに早くどうしたの？」

「いえ、ちょっと……」

言葉を濁されたが、そこは追及しなかった。スーツを着ているから、出社するつもりだったのかな。

お互いどこか気まずい雰囲気を感じて、自然に距離を取る。言葉を発しないままエントランスから外へ向かおうとしたそのとき、私は思いきって口を開く。

「麻婆豆腐《マーボーどうふ》が食べたい」


「麻婆豆腐？」

脈絡のない要望に山田くんも面食らったようで、おうむ返しをする。

「うん。できればすごく辛いのがいい」

「市子さん、意外に辛いもの平気ですよね」

そこで彼がかすかに笑った。でもどこか苦々しい。

「レトルトのでもいいけれど、花椒《かしょう》をたっぷりかけたい」

「わかりました。じゃあ、お口直しに甘いものも用意しておきます」

今度こそ彼は笑顔になった。その様子を見て心から安堵する。私たちの関係が微妙なせいもあって、こんな曖昧なやりとりで次に会う約束を段取る。

仕事では許されない不確かさ。でも彼は自然に私の言いたい内容を汲んでくれる。それが素直ではない私にはありがたくて、心地いい。

『俺、明日は早く上がれるんですよね』

『暑いけどお肉が食べたいので、冷しゃぶはいかがでしょう？』

『ネットで見つけた半熟卵のドリアに挑戦したいと思うんです』

いつも、そう。彼が提案交じりにこちらを窺いながら誘ってくれる。そういう言い方に、私も軽く返して応じられる。

とはいえ、いつまでこんな曖昧な関係を続けるのか。続けていけるんだろうか。

そんな考えを巡らせていると、いきなり右手に温もりを感じた。

「あの、市子さん。昨日、会社に車を置いてきてますよね？」

「う、うん」

突然の確認に目を瞬《しばたた》かせていたら、山田くんは遠慮がちに続ける。

「よかったら送っていきますよ。どうせ行き先は同じなんですから」

彼のぎこちなさにすぐに合点がいく。前にも同じようなシチュエーションがあり、送っていくのを提案された。そのとき私はすげなく断ったんだよね。

会社の誰かに見られたらと考えたり、彼にそこまでしてもらう必要はない、と妙な意地みたいな線引きがあった。

でも、今は……。

「お願い、してもいいかな？」

私の回答に、尋ねてきた本人の方が驚きで目を丸くしている。けれどすぐに笑顔になった。

「もちろんです、ぜひ」

「あ、でも途中のコンビニで降ろして。そこからは――」

「はいはい、わかっています」

私の言おうとしたことを遮り、山田くんはニコニコと微笑んでいる。お世話になるのは私の方なのに、どうして彼が機嫌よくしているのか理解できない。

「じゃあ、行きましょうか」

マンションの駐車場など行き慣れているのに、改めて一緒に彼と向かうのは、わずかに気恥ずかしかった。でも。

少しだけ頼ったり……こうやって甘えてみてもいいのかな?

整った横顔を見ながら思う。

自分のことは自分でするのが、迷惑をかけないのが、相手のためだと思っていた。素直にお願いして、こんなに嬉しそうにされるのは予想外だ。

私がこうやって一歩踏み込めるのは、全部山田くんが相手だからなんだろうな。

約束通り、会社からほどよい距離のコンビニの駐車場に車は停まった。ついでにコーヒーを買っていこうと、私は助手席のドアに手をかける。

「わざわざありがとう」

「いいえ。また後ほど会社で」

ドアを開ける寸前、思い出した仕事の案件があり、彼の方に顔を向けた。

「あ、昨日も言ったかな。定期点検の時期が近づいているから、武田《たけだ》さまにもう一度電話しておいて」

「了解です」

今度こそ車を降りようとすると、不意に山田くんが私の右手を取った。そして彼が私との距離をさらりと縮めてくる。動揺とまではいかなくてもまったくの平常心でもいられない。

「市子さん」

名前を呼ばれ、目を見開いて固まっていると、至近距離でとびきりの笑顔が輝いた。

「ご希望通り、すごく辛いのを用意しますね。泣かせますから、覚悟してください」

そう言って彼は私の手を離し、再度「いってらっしゃい」と告げ、頭に触れてきた。たったそれだけの接触に、柄にもなく顔が熱い。

次に溢れてきたのは、どんな辛いものが用意されるのかという不安だった。でもこの不安は、昨日抱いていたものに比べるとなんでもない。

気持ちを切り替え私は車を降りる。ひそかに仕事終わりが楽しみになっていた。

外回りを終えて昼時に会社に戻り、ホワイトボードの自分の欄に予定を書き込んでから席に着いた。空席が目立つ中、まずはサインしてもらった契約書などを鞄から取り出して確認する。

しばらくすると複数人が、がやがやと部屋に戻ってきた。

「お、御手洗、帰ってきてたのか。お疲れ」

「お疲れさまです」

声をかけてきたのは中心にいた永野部長だった。どうやらみんなでお昼を食べに行っていたらしい。そこには坂下や山田くんの姿もあった。

「残念だったな、せっかく愛《いと》しの永野部長の奢りだったのに」

突っかかってくる坂下は無視だ。視線をパソコンの画面に戻そうとすると、意外にも言葉を継いだのは永野部長だった。

「しょうがない。御手洗は、今度べつにご馳走するか」

「ありがとうございます。でもお気遣いは無用ですよ」

「そう言うな、ちょっとは労《ねぎら》わせろよ。あの御手洗に後輩ができて、指導している姿を見ると、そりゃ俺も年を取ったって実感するさ」

わざとため息交じりに漏らされる。すると周りが「部長もこれからですよー」と囃《はや》したて、場がどっと沸いた。それを尻目に改めてデスクに向き直っていたら、輪の中から山田くんがこちらに歩み寄ってきた。

「お疲れさまです」

「お疲れ。食事はどうだった？」

「いえ、俺はご一緒してないので」

どうして？と聞き返す前に、山田くんの肩に突然、腕が回された。

「山田。お前、昨日は西野ちゃんとなにがあったんだよ？」

恨みがましく山田くんに迫っているのは、坂下である。その絡み方は先輩としてではなく酔っぱらいに近い。

「なにがって。坂下さんの代わりに、ちゃんと送りましたよ」

「部屋に上がったりとかしてないだろうな」

「してませんって」

山田くんは珍しくあからさまに不快そうな顔をしている。無理もない。美人ならともかく、なんだって坂下みたいな男に顔を近づけられなくてはならないのか。

　徐々に近くなる坂下から顔を背けようと、山田くんはもがきながら返している。しかし坂下はさらに肩、ひいては首に回した腕に力を込めて、声にも迫力を滲《にじ》ませた。

「だったらなんで、さっきふたりで仲よく昼飯を食ってたんだよ」

　まさかの事実に、私の心は軽く揺れた。

「あれは、いいって言ったのに、西野さんがお礼をしたいって言って。何度も断ったんですけれど」

「自慢か？　お前、それは自慢なのか!?」

　いつの間にか坂下が山田くんにヘッドロックをかける体勢になっている。山田くんの柔らかい髪が振り乱されていた。

「御手洗」

　そんなふたりをよそに、名前が呼ばれたのですぐさま立ち上がる。声の主は永野部長で、席に着いている彼の元に私はそそくさと向かった。

「なんでしょうか？」

「例の自動車学校の件、順調に進んでいるみたいだな。さっきはああ言ったが、うまくいったらなにか祝ってやる。お前が直接指導に当たっていた山田の成績も、入社二年目にしてはなかなかいいしな」

「それは私の力ではなく、元々彼が優秀なんです」

「一人前に言うようになったなぁ、お前も」

相好を崩し、いつもの笑い皺ができた永野部長の顔を私は直視できなかった。ふと目線を落とせば、していたはずの彼の結婚指輪が左手の薬指にはめられていないのが目に入る。

「出会った頃はまだピチピチの大学生だったよなぁ」

「部長、そういう言い方はおじさんです」

やや冷めたトーンで返すと、永野部長は苦笑した。

「しょうがない、もうおじさんだ」

「訂正します。オヤジですよ」

「それはなかなかくるなぁ」

そこで私もなんとか笑えた。

「なにかあったら遠慮なく言えよ」と言われ、素直に頷く。

永野部長とは、この会社の中では誰よりも付き合いが長い。おかげで頼れる上司である前に、少しだけ私にとっては特別な存在だった。

胃の中がやけに熱くて、心なしかいつもより活発なのがわかる。頑張って消化しているんだな、と部屋のソファに横になり、勝手に自分の胃を応援していた。

「市子さん、本当に辛さに強いんですね」

上から降ってきた声に、そちらを見ないまま私は答える。

「なんで、そんなにがっかりそうに言うの？」

「がっかり、だなんてとんでもない。市子さんの希望に応えられたか不安になっただけです」

おどけた口調で返され、大きく息を吐いた。

辛くないわけがない。唇も舌も、どこか自分のものではないかのように、まだ痺《しび》れている。

何事も見た目で判断してはいけない。とはいえ、これは判断ではなく事実だ。山田くんお手製の麻婆豆腐は想像以上だった。

見るからに辛そうな赤は、豆腐の白さをすっかり自分色に染め上げ、放つ香りはかなり刺激的なのが伝わってくる。

食べる前からじんわりと汗を掻きそうで、私のリクエスト通り花椒もたっぷりとかかっていた。

「山田くんって、優しい顔して意外にSなんだ」

吐く息さえ辛みを伴っている気がする。

「いえいえ。市子さんを失望させてはいけないと思って、本気で頑張ってみました」

あの麻婆豆腐は間違いなく、四川《しせん》風《ふう》とつけるのが正しい。サニーレタスときゅうりのサラダ、パプリカのマリネなど冷たくさっぱりと口に優しい付け合わせも並び、いつも通り私の部屋で彼と食卓を囲んだ。

いただきます、と手を合わせて、レンゲを使っておそるおそる麻婆豆腐を口に運んでみる。口に入れた瞬間、熱さと辛さで体中から汗が噴き出しそうになった。

体温が一気に上昇するのを感じて、しばらく口元を押さえたまま動けない。自分では作らないような辛さだ。それが辛さだけではなく、ちゃんと美味しいから、すごい。

泣かせます、と言われてはいたものの、涙よりも汗で水分が失われた。おかげで今は体がポカポカで、行儀が悪いのも承知で私はソファでごろごろしている。

仮にも後輩男子が家にいるのに、このありさま。彼に対する遠慮もなにもない。

ごろんと仰向けに体勢を変えたら、見下ろしていた山田くんと視線が交わった。

彼はおかしそうに腰を屈めて、ソファの背もたれから顔を出したまま、こちらに手を伸ばす。

「残念。泣かせられませんでしたね」

前髪を掻き上げられ、額に触れられる。汗を掻いているのに、と思ったけれど、もう今さらだった。優しく地肌に触れた彼の手に意識を集中させる。

まるで犬か猫にでも触れるかのようだ。彼にとって私に触れるのはどういう意味があるのかな。

そもそも意味などないのかもしれない。彼にとってはこれくらい——。

「ひとつ聞いてもいいですか？」

悶々とする考えの霧を一瞬にして晴らしてしまう、凛《りん》とした声だった。

「なに？」

「市子さんって、永野部長をどう思ってるんですか？」

その名に、質問に、私は勢いよく身を起こした。ソファの背もたれ越しに投げかけられた言葉は、私の心をはっきりと揺さぶった。

「え、坂下の発言を、真に受けてる？　部長のことはべつに」

「でも、なにかしら特別な思いはあるんですよね？」

迷いのない瞳、口調だった。だからしばらく迷った挙句、正直な気持ちを口にする。べつに疚《やま》しいことはひとつもない。

私はゆっくりと語り始めた。

「私がうちの会社に就職しようと思ったのは、元々大学生の頃にバイトで来てたからなんだ」

週末のイベント開催のときに人手が必要で、基本土日のみ出勤だったので決めた。最初はそんな理由。

内容は事務的な仕事が多く、いわば雑用だった。来店したお客さまに声をかけて席に案内し、営業の人を呼ぶ。あとは飲み物を出したりフライヤーを配ったり。

仕事自体は楽しかった。そのとき、当時は部長ではなかったが、営業部に所属していた永野部長がなにかと気にしていろいろ話しかけてくれた。

『車を売るのって大変ですね。金額も金額だし』みたいな内容を世間話程度で振ったら、『そうだな。その分、責任もってお客さまに勧めるようにしているよ』って。

「正直ね、みんな売るのに必死だな、ってどこか冷めた目で見ていたところに、そんなふうに言われてね。多くの人にとって車は、家の次くらいに高い買い物になるんだって聞かされて、納得と同時にすごく感動したの。素敵な仕事だなって。それで就職まで決めちゃうから、影響受けすぎでしょ？　でも、大学生だった自分にはものすごく大きな衝撃だった」

苦笑しつつ話していると、当時の自分まで思い出され、なんとも気恥ずかしい。

実際入社してみれば、ノルマもあるし、覚えることもたくさんある。

売らなきゃいけないものは車以外にも多くて、綺麗ごとばかり言っていられないし。

全然売れなくて落ち込んだ経験も山ほどある。自分にとっていいお客さまばかりではなく、上から目線の物言いや、傷つくこともたくさん言われた。

つらい気持ちを顔には出さず、なにを言われてもお客さまの前では笑っていないといけない。

もうこの仕事は向いていないから辞めようと何度も思った。でも、そのたびに永野部長が話を聞いて励ましてくれたから。

入社前からの知り合いなのもあるし、営業では少ない女性社員でもあったからだとは思う。そうやって今でもなにかと気にかけてくれている。

淡い恋心。そんなものを抱いたりした。とはいえ出会ったときから永野部長にはすでに付き合っている彼女がいた。

そして、私が入社してしばらくしてからその彼女と結婚した。少なからず複雑な感情にとらわれたりもしたものの、全部自分の中で折り合いをつけられたし、尊敬する上司として変わらずに接してこられた。

「つまりね、私が今、会社で働いているのは永野部長のおかげ、は言いすぎかな。でもそれくらい影響を受けた人なのは間違いないから、山田くんが言うように特別といえば特別なんだけれど、べつに異性としてどうこうって気持ちはないからね。上司として尊敬しているし、頼りにしているだけだよ」

聞かれてもいないのに必死に弁明している自分がおかしかった。坂下に対して否定するのと、山田くんに対して否定するのとでは、なんだか違う。

その微妙な違いがなんなのかは明確にできない。思いつめた顔をしたまま黙りこくっている山田くんに対して、私は一方的に言葉を続けた。

「だから山田くんがなにか困ったり、仕事でつらいことがあったら、遠慮なく言ってね。これでも先輩なのを忘れないでほしいな。もちろん私に話しづらいなら、他の社員や同期でもいいし」

勝手に話題をまとめ上げ、先輩らしく振る舞ってみる。私もたくさん支えてもらった分、今度は後輩に返していく番だ。

「なら、市子さんは……」

やっと山田くんが硬い表情のまま重々しく口を開いた。しかし、その先が続けられない。

「私が、どうしたの？」

「いえ……デザートでも食べましょうか。シャーベット用意してますよ」

彼がおもむろに立ち上がり、私に背を向けた。

なんだろう、無理やり話を終わらせられた気がする。でも、自分で話を戻す勇気も、どうしたの?と突きつめるほどの強引さも今の私は持ち合わせていなかった。

彼が用意していたシャーベットはレモン味で、痺れた舌の上でさっと溶け、冷たさが体に染み渡る。

さっぱりとした口当たりが、後を引いていた辛さを消していった。その一方で、なんだか違う痺れがまだ残っている感じがして、私の心は不透明だった。

気のせいでなければ、私が会社に入ったきっかけを話したあの日から、山田くんと仕事以外の話をしていない。正確に言うと、する暇がなかった。

彼はいつも以上に忙しそうで、外への出入りも激しい。

契約を取るのはもちろん営業の仕事だ。とはいえひとりで抱える顧客が急激に増えれば、忙しくなるのは当たり前だ。

「山田くん!」

さっき帰ってきたと思ったら、また出ていこうとする彼を走って追いかけ、社員専用の通用口で息急き切って呼び止める。

「どうされました？」

「最近、忙しそうだけれど大丈夫？　無理してない？」

「大丈夫です。すみません、お客さまとの約束が立て込んでいて」

私とは対照的に冷静に返してくる。私は改めて彼の顔をまじまじと見た。

「でも顔色悪いよ。ちゃんと食べてる？」

「ご心配なく。心配かけてすみません」

彼はさっさと背を向けて、行ってしまった。昨日メンテナンスでいらっしゃったお客さまは随分長く居座っていたみたいだし、その相手をずっとした後、たしか別のお客さまのところに行っていた。

それにしても、なんだか妙によそよそしく感じてしまうのは、私の思い過ごし？

いや、今の会話もべつにおかしいところはなにもない。丁寧に返してくれたとは思うが、以前のやりとりを考えると……。

そこで私は自分の手に力を入れ、握りこぶしを作る。だから嫌なんだ。ただの先輩と後輩だったら、いちいち相手の態度に対してなにも思うことはなかったのに。

こんな不安みたいな気持ちに駆られたりもしない。逆に名づけられるはっきりとした関係なら、どうしたの？って踏み込めるのに。

それでも曖昧な関係を望んだのは私だって同じだ。

彼だって人間だもの、いつも機嫌よく調子がいいとも限らないよね。そう結論づけて、私は自分の仕事に戻った。


業務を終え、私服に着替えてから更衣室を出る。ふっと気が抜けて廊下で思いっきり伸びをした。出入口の方に向かっていると、西野さんともうひとり、受付担当の宮本《みやもと》さんがなにやら話し込んでいるのが目に入る。

こちらに気づいたのは西野さんが先で、「お疲れさまです」と素早く私に頭を下げた。それに宮本さんも倣う。

「お疲れさま、どうしたの？」

「いえ、これからご飯に行こうって話してて」

軽く話題を振ると、西野さんが律儀に答えた。

「仲いいね」

それ以上話すこともない。さっとその場を後にしようとすると、西野さんではなく宮本さんが話を続ける。

「私は代わりなんですよ。山田くんを誘ったのに、今日は調子がよくないから帰る、って断られちゃったみたいで」

「ちょっと！」

宮本さんに、西野さんが本気ではないにしろ怒った顔を見せた。宮本さんはそれをものともせず、さらに笑いながら茶々を入れている。

一方で、私は笑えなかった。

山田くん、やっぱり体調が悪かったんだ。

どうしよう、と思いながらもその場を過ぎて、一度自分のデスクに戻る。今日は直帰する人が多いからか営業部は無人だった。

一応、連絡しておくべきかな？　……先輩として。でも調子が悪いのに下手に連絡して気を使わせてしまっても……。

悶々と悩んで、デスクに置いてあった封筒を抱える。そこでなにげなく彼の席に目を向けたら、あるものに気づいた。

机の上のメモの横に黒い携帯が置かれている。機種を見て、山田くん個人のものではなく仕事用の携帯だと気づく。

基本、お客さまとのやりとりは私物の携帯ではなく会社から支給されているものを使う。

電話料金なども会社持ちだし、仕事とプライベートときっちり分けられるのはありがたい。中には、個人の番号を教えてくれ！と言ってくるお客さまもいたりするけれど。

きっと彼にもそういうお客さまは多いんだろうな。とにかく、お客さまの連絡はすべてこの携帯にかかってくる。

点検の予約変更や車のトラブルについてなど、退勤していようが休みだろうが、いつかかってくるかわからない。

私はしばらく悩んだ末、手を伸ばして携帯を取り、そっと自分の鞄にしまった。

ついこの前まで暑さにむかむかしてクーラーが欠かせなかったのに、いつの間にか秋が訪れ、上着が必要な季節になっている。

急激な気候の変化になかなか対応できず、どうしたって体調を崩しやすい。不規則な仕事でもあるし。

今さらながら、山田くんに対する配慮が足りなかったと悔やむ。

帰宅してからスマホを確認するが、山田くんからの返信はなかった。やっぱり寝ているかな？　でも、いつまでも彼の携帯を持っているわけにもいかないので、ドアポストに直接入れておこうと決める。

スマホに連絡を入れてあるので、それに気がつけば後は大丈夫だろう。もしかしたら先にこの携帯にお客さまから電話があるかもしれないし。

一応、山田くんの家のチャイムを鳴らしてみるものの出てくる気配はなかった。留守かな。でも調子が悪いと言って同期の誘いを断っているわけだし。

とりあえず小さな紙袋に入れた携帯を、なんとかドアポストに突っ込もうと試みる。そこで、ふと心臓が早鐘を打ち始めた。山田くんのいつかの発言が不意に頭をよぎったから。

『もしも俺になにかあったら、そのときはよろしくお願いしますね』

いやいや、ちょっと待て。それは洒落にならないから！

すかさず脳内でツッコミを入れたものの、一度生まれた不安の芽はぐんぐん大きくなるだけだった。

その可能性が百パーセントないって誰が言いきれるの？　もしも本当に彼になにかあったら……。

どれくらいの間、ドアの前で固まったままでいたのか。意を決した私は自宅に戻って、大事にしまってあった彼の家のカードキーを手に取った。

彼から頼まれて、このカードキーを預かっているんだ。こんなときに使わないでどうするの？　なにもなければそれでいい。少し様子を見るだけ。

必死で自分に言い聞かせて、緊張しながら隣の家のドアの鍵を開けた。いつも会うのは私の部屋で、私の預けた鍵で山田くんが先に中に入っている場合も多い。彼はこんな居心地の悪さを感じていたのかな。

信用されている、と思えばいいのかもしれない。とはいえ付き合ってもいない異性の家の鍵を使うなんて。

慣れた解錠音を耳にして、ゆっくりとドアを開ける。暗い玄関に外からの明かりがそっと差し込んだ。彼の靴があるのを確認し、さらに緊張が増していく。

「こんばんは……」

挨拶をしてみるも、暗い廊下にその声は吸い込まれていった。自然に唾を飲み込み、私は靴を脱いで彼の部屋に上がる。

部屋の構造は当たり前だが、私の部屋とまったく同じだ。ここには一度だけ上がったことがある。

そう、彼との奇妙な関係を築くきっかけになったあの日以来だ。

寝室のドアを小さくノックしてみるが返事はない。ドアの向こうを想像し、不安と緊張で胸がどんどん痛くなる。躊躇《ためら》いつつ私は思いきってドアを開けた。

隙間から見える光景に思わず目を瞠る。前に来たときとは大分印象が違う。普段の彼からはあまり想像がつかないような乱雑さだった。

部屋の角にある本棚はすでにいっぱいで、床やベッドサイドテーブルのあちこちに本や資料が散らばっている。

肝心の部屋の主は、固く瞳を閉じてベッドで横になっていた。本を踏まないように気をつけながらそばまで近寄ってみる。

その顔は随分と険しいものの、息もしているし、苦しそうでもなかった。

ホッと息をつく。部屋の電気がついていない代わりに、サイドテーブルに置かれている電気スタンドが穏やかに部屋を照らしていた。

私はふと、積み上げられている本に目を遣った。

『ビジネス敬語のマナーとルール』『社会人として使いこなす正しい日本語』『お客さまから信頼される営業の心得』『信頼してもらえる話し方』など、タイトルからして仕事に関する本ばかりだ。

付箋や書き込みがされて、必死で読んでいるのが伝わってくる。資料の束は他社のものばかりで、おそらくいろいろと比較するために調べたのだろう。

そんな中、本棚の一番隅に立てられている一際年代を感じさせる資料が視界に入った。随分古いからか、なにかを感じて目を引いた。

うちのカタログだ。こんな何年も前のものがどうしてここにあるんだろう。大事そうに綺麗に保管されている。

もう一度部屋の中をくるりと見渡し、うまく言葉では言えないのだけれど、私はなんだか泣きそうになった。

そのとき突然、持ってきていた彼の携帯が音をたてて鳴ったので、心臓が口から飛び出しそうになる。

メロディーではなく普通のピリリリリという機械音は余計に響く。入れていた袋からわたわたと取り出していたら、ベッドがわずかに軋《きし》んだ。ゴソゴソと擦れる音の後、彼が勢いよく身を起こす。

「え!?　え、市子さん!?」

まったく状況がつかめず、どこか寝ぼけている彼に、私は非情にもまだ鳴り続けている携帯を差し出した。

「ごめんね、説明は後。とにかく出てもらっていいかな？」

山田くんは素直に携帯を受け取り、喉を押さえて声の調子を整えてから、通話ボタンを押して立ち上がった。私に背を向けて話している声には、やはり疲労が滲んでいる。

どうやら留守電を入れていたお客さまからの折り返し連絡らしい。しばらくやりとりを交わしてから電話を終え、私は聞かれる前にこの状況を説明した。

彼が仕事用の携帯を会社に忘れていたこと、ドアポストに入れようとしたが、つい心配になって預かっていたカードキーで様子を見に来てしまったこと。

もちろん勝手に入った件はきちんと謝る。山田くんは深く息を吐いて、私と視線を合わせないまま首を軽く横に振った。

「こちらこそ、すみませんでした。わざわざありがとうございます」

そこで妙な沈黙が部屋を包む。まだ体調が悪そうな彼を前に、今はさっさと退散すべきだ。それでも私はどうしても聞かずにはいられなかった。

「山田くん、仕事キツい？」

その質問にわずかに彼が目を丸くする。返事を待たないで私は続けた。

「ごめん、山田くんがデキる子だからって、仕事を任せすぎてたかも」

いつも笑顔で、スマートに成果も残して。おかげで気づかなかった、気づけなかった。彼はまだ入社して二年目で、しかも帰国子女なのはプラスの面ばかりじゃない。

大変なことだってあるのを、彼が努力で補おうとしているのを私は知っていたのに。プライベートで一緒に過ごしていたのに。

「そんなことありませんよ。仕事は今のままで大丈夫ですから、市子さんが気にする必要ありません」

「でも——」

「本当に大丈夫ですから！」

食い下がろうとすると強い言葉が飛んできたので、思わず息を呑んで押し黙る。

山田くんにしては珍しく感情任せの物言いだった。

勢いからだったのか、彼ははっと我に返ると、頭をくしゃりと掻いてベッドに腰かける。私はその場でたたずんだまま動けない。

「すみません、八つ当たりです。……市子さんにだけは、見られたくなかったんです。こんな自分」

頭を垂れた状態で発せられた声はどこか自嘲的だった。表情も読めず、こんな彼を見るのは初めてでどうすればいいのかわからない。

黙っている私に、山田くんはゆるゆると気持ちを吐き出していく。

「仕事が原因じゃないんです。自分がどうしようもなく嫌になって、嫌いで。俺、余裕なんて全然ないんです。自分でも驚くほど欲深くて、負けず嫌いで、ずるくて」

「いいと思うよ」

明るく口を挟むと、山田くんが弾かれたように顔を上げたので、ようやく視線が交わった。私は軽く笑って腰を落とし、彼と目線の高さを合わせる。まるで小さい子どもに言い聞かせる体勢だ。

「欲深くて、負けず嫌いなの、いいと思うよ。すっごく営業向き！　それに度合いにもよるけど、多少のずるさも必要だよ。相手に納得させて物を売るんだもの、素直さだけじゃやっていけないって」

私は努めていつもの調子で告げた。

彼が望んでいるのはこんな言葉じゃないのかもしれない。見当違いかもしれない。でも今、彼の職場の先輩として、私なりに言える言葉だった。

「それにね、こんなこと言ったら山田くんは気を悪くしちゃうかもしれないけど、少し安心した。山田くんも人間なんだなーって」

「なんですか、それ。俺は市子さんに人間じゃないって思われていたんですか？」

むっとした表情に、つい笑ってしまった。今の山田くんは、スウェットを着て微妙に髪も跳ねて、その姿は会社で見るよりもどこか幼く無防備で、取り繕われていない素の彼と初めて対面した気がする。

おかげで私も変にかまえず、素直になれた。

「だって、顔も経歴も性格も申し分なくて、おまけに仕事まで余裕をもってこなされたら、先輩として私、立つ瀬なしだよ。山田くんは不本意かもしれないけれど、弱音とか聞けてよかったって思ってる」

なんとも自分本位で申し訳ない。でも、ずっと厳しい顔をしていた彼がどこか困惑気味に笑った。

「市子さんが俺を褒めてくれたの、初めてですね」

「そう、かな？」

申し分ない、と言ったのは褒めたうちに入るのだろうか。みんなが口々に彼の顔や性格を称賛するので、今さら私が口にするまでもないと思っていた。でも彼についてはちゃんと評価している。

山田くんは顔をくしゃりと歪めた。

「そうですよ。嬉しいです。今まで、カッコいいとか優しいとか飽きるくらい言われてきましたが、市子さんに認めてもらったのが一番嬉しいです」

心の底から喜びが溢れる眩しい笑顔だった。そこで私は思い直る。

私はちゃんと先輩として山田くんを認めているものの、それを直接彼に伝えていなかったのかもしれない。

「私、あまり口にはしなかっただけで、山田くんはすごく頑張ってるし、十分に優秀だと思ってるよ。私が入社一年目のとき、全然契約取れなくて。先輩にお客さまを回してもらったのに、『あなたじゃ頼りないから担当を替えて』って言われたこともたくさんあるし」

「そうなんですか!?」

「そうだよ」

信じられないという顔をしている彼に、私は口を尖らせる。正直、今でもたまにそういうことがあるのが悲しいところではある。

なんだかいつもの調子を取り戻してきたので、安堵の息を漏らし、立ち上がった。

「なにがあったのかはわからない。でもあまり自分を責めないでね。自分が嫌い、だなんて。お客さまも、社員たちも、山田くんのことを好きな人はいっぱいいるよ」

そこで私は、喉元まで出かかった言葉を声にするかどうか一瞬だけ迷った。そして結局、口にする。

「……それに、私も山田くんのことが好きだよ」

彼の大きな瞳がさらに見開かれ、急いで視線を逸らす。自分で言って羞恥心が体中を一気に駆け巡った。その衝動のおかげで慌てて付け足す。

「あの、変な意味じゃなくてね。ちゃんと先輩として、あと、人間的にも……」

彼を評価していると伝えなかったのを反省したばかりだ。それに彼は今弱っていて、自己評価がどうも低くなっているみたいだし。

自分で自分に言い訳を並べたてる。山田くんにとってはそんな大きな意味をもたないはずだ。言った本人である私がうろたえているのが、逆に自意識過剰で恥ずかしい。

山田くんと目を合わせられないままでいると、ベッドに座っていたはずの彼が立ち上がったのが気配で伝わり、さすがに様子を窺おうとした。

しかし次の瞬間、山田くんの腕の中に閉じ込められていたので、まさかの展開に私の頭はフリーズしかけた。

「市子さん、こんな俺ですけど頑張りますから、もうしばらく今のままでいいですか？」

抵抗しようにも、真剣な声が吐息交じりに耳に直接届いて、体が勝手に震えた。思ったよりも力強い腕に身動きひとつできず、伝わってくる体温は熱い。

背中に腕を回すのも憚《はばか》られ、空いた手が宙を彷徨《さまよ》いながら言葉を必死に探した。

「うん、いいんじゃないかな」

尋ねられた質問の意味もよく理解できていないのに、なんとも適当なのもいいところだ。

でも今の彼にはこの答えでいいんだと思う。落ち込んでいた気持ちが浮上できたのなら、それでいい。

ゆっくりと回されていた腕が解かれ、密着していた箇所に名残《なごり》惜しさを伴いながら空気が流れ込む。彼の大きな手が私の頬に触れた。

「市子さん、ありがとうございます。俺、頑張りますから」

「頑張りすぎなくていいよ。ほら、まだちゃんと横になってて」

本調子ではなさそうなのは明らかだ。顔色だってあまりよくない。

山田くんをベッドに戻そうと軽く肩を押そうとしたら、逆にもう片方の手を腰に回されて距離を縮められてしまった。

「市子さんの顔を見たら元気になりました」

「さっき、見られたくなかったって言ったじゃない」

「もう忘れました」

やっと抗議の声を上げられたが、彼は笑顔を崩さないまま私の額に唇を寄せた。唇の感触に胸が締めつけられる。

「ここは日本だよ？」

「そんなのとっくに知ってます」

お決まりのやりとりをして脱力する。一方でホッとしたのも事実だ。やっぱり山田くんはこっちの方がいい。


明日は休むように勧めたが、彼は頑なに出社すると言い張るので、それなら今はしっかりと休むようにと告げて、私はさっさと彼の家を後にした。

すぐ隣の自分の家に帰り、いつものソファに行儀悪く身を預けた。疲れと安心がどっと降りかかる。

なにはともあれよかった。山田くんになにもなくて、久しぶりに話せて。

しかし、私はどうも引っかかっていた。少しだけ突っ込んでみたけれど、忘れたと言われてしまったあの言葉。

『市子さんにだけは、見られたくなかったんです』

なら、誰ならよかったんだろう。今回はたまたま彼の弱っているところに遭遇し、私なりに励ませた。でも次にこんなことがあったら？　また苦しくなったら？

私では駄目なんだ。異性の、ましてや職場の先輩である私には、弱いところをさらけ出すのは難しいに決まっている。仕事ではなくプライベートに関することなら、なおさら。

逆に私だって、職場の先輩になにか聞かれてもたいていは『大丈夫です』と答えてしまうと思う。元々誰かに甘えたり、弱音を吐いたりすること自体ものすごく苦手だし。

でも山田くんにはきっと、甘えたり弱音を吐き出せたりする相手が必要だと思う。顔も性格もよくて、余裕がありそうだと周囲に思われてしまう性質だから余計に。

もしも同期なら、たとえば西野さんにだったら、弱音とはいかなくても愚痴くらいは言えるのかな？　違う部署だし。断る理由とはいえ、彼女には調子が悪いとはつきり言えたわけだし。

遠慮された自分が、なんだかたまらなく悲しくなった。

いや、私じゃなくてもいいじゃない。西野さんでも、西野さん以外の誰かでも。

そんな相手が彼に見つかることを願いながら、いつまでも心に渦巻く冷たい感情が離れてくれなかった。

第五章　鍋はいつでもすぐできる

山田くんの家での一件から二週間が経過し、彼の体調も調子もすっかり戻ったみたいでひそかに安心する。表立って気遣えないのは私がここ二週間、忙しかったからだ。明日は休みなのもあって心なしか詰め込みすぎた。基本的に火曜日が休みで、忙しさなどに応じて月曜日も休みになる。

あとは営業の場合、自分でスケジュールを調整して休むしかない。なんたってお客さまありきなので、決められた通りにはいかないのだ。

今日は久々に山田くんと家でご飯を食べる約束をして準備もしている。いつものように『鍋食べたいですよね』と同意を求められる形で彼から提案された。

もうスーパーでもすっかり鍋関連のものが売り出される季節になった。しかし彼にとっての鍋はすき焼きらしく、ここは素直に私が作ると申し出る。

作るというほどのものでもないかな。今は鍋の素もいろいろ発売されて、簡単に味つけもできるし。

個人的に締めの雑炊は欠かせない。その旨を告げると『はいはい』と彼は笑顔で返してきた。

そして昼休み、外から戻ってみれば、なにやら男女数人がわいわいと盛り上がっていた。その中に山田くんもいて、どうやら同期で集まっているのだとすぐに悟る。集団の中にいても、いや、いるからこそすぐにわかる。やっぱり彼は一際目を引く存在だ。

「御手洗さん」

名前を呼ばれ、私は一瞬だけ顔をしかめた。相変わらず目敏い。せっかく盛り上がっているのに、こちらに気づいた彼が輪を抜けてわざわざ寄ってきた。

それを皮切りに、彼の他の同期たちも次々に「お疲れさまです」と声をかけてくるが、すぐに山田くんを除いて話を再開させた。

「どうしたの？」

会社という気まずさもあり、さっさと用件を聞こうとする。すると彼はいきなりスーツの上着の内ポケットから財布を出して、中からなにかを取り出そうとする。

高級そうな長財布からなにが出てくるのかと思えば、それはあまりにも意外なものだった。

「これ、さっき外回りの途中で見つけたんです。すごく綺麗で、御手洗さんにも見せてあげたいなと思って」

得意げな表情で渡されたのは、燃えるように真っ赤に色づいた小さな紅葉《もみじ》だった。汚れひとつなく、皺もない。

作り物にさえ思えたが本物らしい。反射的に受け取り、まじまじと紅葉を見つめ、私はつい吹き出してしまった。

「え、なんで笑います!?」

「だって、小さな子どもみたい」

笑い声を必死に抑える。

紅葉の綺麗さに感動する、そこまではいい。けれどそこからいい大人の男性が、落ちている綺麗な紅葉を拾って、そっと財布にしまっているのを想像するとおかしくてたまらない。

山田くんはそれが不格好にならず、なんだかしっくりきてしまうのが彼のすごいところだ。

「すみません、お気に召しませんでした？」

「ううん、ありがとう」

これは私だけになのかな。それとも他にも誰かにあげたの？

そんなことを無意識に気にしてしまう自分に戸惑う。

そのとき「山田くん」と私たちの間に呼びかける声が割って入った。声の主は西野さんだった。

「あの、今日よかったらみんなでご飯に行こうって話してるところで……山田くんはどうかな？　来られる？」

期待を浮かべて彼に問いかける西野さんに、私はどうも気まずい気持ちになる。

案の定、彼は躊躇いもなく、「お誘いは嬉しいんですが……」と断りの文句を口にしようとした。

「参加してきたら？」

私が口を出すべきことじゃない。頭ではわかっているのに、山田くんの言葉を中断させ今度は私が割って入った。

「今、多少は仕事も落ち着いているし。山田くんもたまには同期と盛り上がったらいいのに。それこそ先輩に言えないような仕事の愚痴とかでさ」

「行こうよ。山田くんが来てくれたらみんな嬉しいし」

私の発言に西野さんが乗っかる。〝みんな〟って便利な言葉だ。それでも西野さんは山田くんに想いを寄せて、成就させようと行動している。私みたいな曖昧な関係でそばにいる人間はなにも言えない。

「ですが――」

こちらを窺いながらまだ迷っている山田くんに、私は畳みかける。

「もちろん、どうしてもはずせない用事があるなら無理は言わない。でも〝優先順位を間違えたら駄目だよ〟」

迫力ある笑顔で告げると、彼は渋々といった感じで西野さんに参加する旨を伝えた。私は踵を返して、さらに詳しい話を続ける二人から逃げるかのごとく距離を取る。

お節介だった？　けれどこの前、山田くんが甘えたり、弱音を吐けたりする人が見つかるようにって願ったばかりだ。それに同期が仲よく一緒に飲みに行ける関係なら、それはいいことだし。

お互いに愚痴を言って励まし合い、仕事に精を出してくれるのなら、その席で会社や先輩に対しての不満が飛び交っているのも暗黙の了解だ。

私と鍋をするのと、どちらが彼にとって大切で必要なのかは、火を見るよりも明らかでしょ。


午後はデスクワークメインで、溜《た》まっていた書類を一気に片づけた。鍋がなくなったので夕飯はどうしようか、そんな考えが浮かんだとき、不機嫌そうに名前を呼ばれた。

「御手洗」

「なに？」

呼んだ相手は坂下で、お礼にこちらも思いっきり眉を寄せて返してやる。しかし。

「部長が呼んでいるらしいから、第二小会議室に行くぞ」

「あ、うん」

いつもなら嫌味か、からかいのひとつでも飛んできそうなのに、今日はそのどれもがない。端的に用件を告げられ、拍子抜けしながら私は慌てて立ち上がった。

なんだろう。悪いことをした覚えはないのに、嫌な胸騒ぎがなにかを知らせている。

直感で、これから聞く話はあまりいいものではないと思った。なにより話を聞くだけなら、永野部長のデスクに向かえば事足りそうなものを、今はわざわざ小会議室に呼ばれている。

坂下がなにも言わないのが怖い。無言で彼の後に続きながら、用意した鍋の材料はどうしようかと現実逃避に考えを巡らせた。

どうやって仕事を終わらせて帰ってきたのか、はっきりと覚えていない。自宅に帰った私はとにかく気持ちを逸らしたくて、テレビのチャンネルを一通り巡らせてみる。

ゴールデンタイムにはドラマスペシャル、バラエティ、クイズに音楽と多種多様な番組が放送されていた。しかしどれも心に引っかからず、逆に楽しそうな笑い声やBGMに虚《むな》しさが増幅していく。

最後には、テレビを消してリモコンを放り投げた。そして何度目かわからないため息をついて、ソファの背もたれに強引に体を預ける。

モヤモヤする気持ちを鎮めようと瞼を閉じれば、小会議室に足を運んで永野部長から告げられた言葉が自然に再生される。声のトーン、喋り方まではっきりと。

『例の自動車学校の担当を、御手洗から坂下に替える』

それを聞かされたとき、自分はどんな顔をしていたんだろう。

どうしてですか？と理由を尋ねる前に『先に言っておくが、御手洗はなにも悪くはない』って永野部長が言うから、私は告げられた事実を受け入れるのに精いっぱいだった。

何度も足を運んで、数ヵ月前から徐々に詰めてきた、教習車をうちの会社で一新する話。ほぼ決まりかけたこの段階で、担当替えとはどういうことなんだろう。まして私が悪くないのなら、どうしてなの？

その答えは簡単だった。どうやらうちと契約をすること自体に異存はないが、その代表者か経理責任者か、とにかく上の人間が、この件を担当するのが若い女性なのに難色を示したらしい。

他社から同じような営業をかけられながらも、窓口担当だった人たちからは、うちの会社を含め私を信頼しているから、と話を進めてもらえていたのに。

それを若い女性というだけで納得してもらえないなんて……。馬鹿らしい。時代錯誤もいいところだよ。

けれどいくら私が訴えても、そんなふうに思う人が少なからずいるのを、今までだって感じることはあった。

『でも、担当になってもらっても、結婚してさっさと辞めちゃうんでしょ？』

『そんなことありませんよー』

先輩からお客さまを紹介してもらったときにかけられた言葉。さっと笑顔で返したものの、内心は複雑だった。

なんで？　同じ仕事内容で、同じくノルマを与えられているのに、どうして男女でこんなにも先入観の違いがあるの？

実際に辞めていった男性社員だってたくさんいるのに。なんで……。

なにも言えないままでいる私に、永野部長は何度も頭を下げてくれた。この話は直接部長のところに来たらしい。それがまた胸をざわつかせた。

『……契約自体が白紙になったわけではないなら、よかったです』

乾いた唇からなんとか紡げたのは、そんな言葉だった。

そう、よかったんだ、担当替えくらいで済んで。これでこの話を他社にもっていかれたら洒落にならない。

私のことはともかく、うちの車の魅力は十分に伝わった。だから、それでよかったんだ。必死に言い聞かせる。

自分の中で折り合いをつけようとあれこれ考えるも、気分は沈みっぱなしだった。しっかりしなくちゃ。気持ちを切り替えないと。

眉をひそめ、ソファに顔をうずめて改めて瞳を閉じた。

そのとき、インターホンが不意打ちで部屋に鳴り響き、私は飛び上がりそうになる。こんな時間に誰だろうかと不信感も合わさり、出る気になれない。

再びソファに身を沈めていると、それをたしなめるかのごとく再びインターホンが鳴った。

ああ、もう！

なかばやけになって玄関まで足を進める。一応ドアスコープ越しに確かめると、意外な人物がそこにいて、私はドアを勢いよく開けた。

「どうしたの？」

「こんばんは」

どこか落ち着かない様子の山田くんが礼儀正しく挨拶をしてくる。スーツ姿でどう見ても仕事帰りだ。

「同期とのご飯はなくなったの？」

「いえ。どうしても鍋が食べたくなったんです」

どこまで冗談か本気かわからない言い分に、私は唖然《あぜん》とする。唐突に「上がってもいいですか？」と尋ねられ、こちらが返事する間もなく、彼は靴を脱いで慣れた様子で奥に足を進めようとした。

状況が理解できないまま、私も彼に続きリビングに足を踏み入れたタイミングで、彼がここに来た理由を悟った。

「坂下から、なにか聞いた？」

背中にぽつりと投げかけると、山田くんは勢いよくこちらを振り向いた。あまりにも隠し事ができない彼に苦笑してしまう。

「なら、ごめんね。気にして来てくれたのかもしれないけれど、無駄骨にして。ご覧の通り私は大丈夫だよ。今からでもいいから同期と飲みに行ってきたら？」

わざとらしく肩をすくめて告げ、おもむろに彼から視線を逸らした。

強がったわけじゃない。でも気持ちに余裕がないのも事実で、正直、下手なことを言われるくらいなら一人にしてほしいのが本音だ。そこら辺は空気を読んでくれないだろうか。

「大丈夫なわけないでしょ。市子さん、自動車学校の件、ずっと通いつめて頑張ってたじゃないですか」

ところが、こちらの気持ちはおかまいなしに山田くんは遠慮なく踏み込んできた。

「頑張るって、それが仕事だよ。契約自体は進みそうだし、担当替えをされたのも私になにか問題があったわけじゃないから」

もういいじゃない。会社としての方針も決まった。あとは自分で折り合いをつけるだけ。それなのに、どうして彼はあえて私の心を揺さぶってくるの。

「随分と、ものわかりがいいんですね」

目を背けているので彼の表情は読めない。届いた声には、いささか軽蔑の色が込められている気がした。でも、いちいち言い返しはしない。私はぐっと唇を噛みしめる。

「そうだよ。山田くんにはわからないかもしれないけど、山ほどある理不尽なことにいちいち傷ついていられないよ」

女だから余計に、とは口にしなかった。

だってそうじゃない。周りに男性が多い分、下手に頼れば媚びていると思われたり。

男性客にプライベートなことをあれこれ聞かれて困っているのに、女は得だよなって言われたり。

冗談じゃない。それでも必死でやってきた。今回だって……。

「市子さんにとって、そんなあっさり割り切れる程度の話だったんですか？」

「じゃあ、なに？　もう決まった案件に抗議すればよかったの!?」

つい彼に対して噛みついてしまった。感情を向ける相手を間違えている。わかっているのに、表情を変えないままこちらをじっと見つめてくる山田くんの視線が、突き刺さるように痛い。

おかげで心臓が存在を主張するかのごとく音をたて始める。続けて自分の気まずさを払拭するために、私の口から出るのは八つ当たりの言葉だけだった。

「放っておいてよ。まだ入社して二年目の山田くんになにがわかるの？　私のなにを知ってるの？　割り切れる程度でいいじゃない。今回の件は山田くんには関係ないんだし、他人の心配をしてないで自分のことに集中したら？」

言いきってから項垂れる。とてもではないが彼と目を合わせられない。放った言葉とは裏腹に、自己嫌悪で胸がいっぱいになって冷静な自分が叱咤《しった》してくる。

心配してわざわざ来てくれたのに、とんでもなくひどい言い草だ。先輩なんて、ただ勤続年数が上なだけで、後輩の男の子にこんな余裕もなく当たり散らすのは間違っている。そのうえわざと傷つけて、最低すぎる。

どうして私は、どこまでいってもこうなんだろう。

けれど山田くんとは付き合っているわけでもないし、心配をかけたり、ましてや弱いところを見せたりできない。仮にこれが、付き合っていたとしたら……。

そこで瞬時に過去を振り返って、硬直した。

付き合っていたとしたら？　付き合っていたとしても結果は同じだ。

私は今まで付き合ってきた相手に、甘えたり弱いところを見せたりしてきた？　こんな状況なら、今までに何度もあった。

強がって口から出てくるのはひねくれた言葉ばかりで、可愛く甘えるなどもってのほか。それを受けた相手に取られる態度も決まっていた。

面倒くさそうにため息をつかれて、無言で部屋を出ていかれる。離れていく後ろ姿を見つめるしかできなくて、同時に心も離れていくのがわかった。

それなのに、間違ったことは言っていないと妙なプライドが邪魔をして、こちらから歩み寄れないまま結局いつも別れを告げられる。お決まりのパターンだ。

きっと今回も同じだ。今まで散々優しくしてくれた彼に申し訳ないと思う一方で、今さらどう取り繕えばいいのかわからない。

そのとき彼がため息をついたのが伝わってきて、反射的に肩が震えた。

「市子さん」

名前を呼ぶ声から感情はつかめない。なにを言われるんだろう。怒らせたのか、呆れられたのか。軽蔑されて、嫌われたなら、この関係も終わりだ。

それならそれでいい。そう思い、うつむいたまま自分の手のひらを強く握る。

それでいい……はずなのに、言い知れない恐怖が血の気を引かせていった。

すると突然両手が顔に伸びてきて、頬に触れたかと思うとぐいっと上を向かされ、自分の影で暗かった視界が急に明るくなった。

状況についていけず目を見開いたままでいると、さらに相手の口からは予想もしなかった言葉が飛び出した。

「ごめんなさいは？」

これでもかというくらい目を開けて硬直する。すると山田くんは顔を寄せて、私との距離をさらに縮めてきた。

「そんな相手を傷つけるようなことを言って後悔するくらいなら、言わなきゃいいんです。でも言ったなら、ごめんなさいでしょ？」

まるで幼稚園児にでもする説教だ。でも、だからこそストレートに心に響いて、凝り固まっていたなにかが揺れる。

とはいえ、そこで素直に『はい』と言えるほど私は人間ができていない。つい唇を真一文字にキツく結ぶ。すると彼は両頬に添えている手に力を込めて、額をくっつけてきた。

「ほら、意地張ってもしょうがないですよ。素直になったらどうです？」

色素の薄い瞳に自分が映っているのが見えるほど近くて、精いっぱいの抵抗にと、瞬《まばた》きさえ我慢して目を開けたままでいた。

それもうギリギリだった。触れている山田くんの親指がそっと目の下をなぞったとき、なにかが決壊して一瞬で視界がぼやける。

「……っ、ごめんね」

早口で勢いだけで出た言葉。それを皮切りに、堰《せき》を切ったかのように涙が次々とこぼれ落ちていった。

「大丈夫ですよ、俺もすみません」

まっすぐ目を見て穏やかに告げてくる山田くんに、さらに涙腺が緩む。

――『大丈夫』

何度も彼の口から聞いたそのセリフが、今はひどく心に沁《し》みていく。

もう、この涙がなんなのかわからない。どうして泣いているのかさえはっきりしない。

ただ、ずっと蓋をしていたさまざまな感情が次々に涙とともにむせ返る。本当は担当替えを言われてショックだった。私は悪くないと説明されても、そんなすんなり納得できなかった。

でも、それを納得するしかないのもわかっているから。私は子どもじゃないんだ。なのに今の私は子どもみたい。相変わらず山田くんの手は私の頬に添えられたままで、顔を背けることさえできず、彼に泣き顔を晒すはめになった。

今は、そんなことはどうでもいい。とめどなく溢れる涙を優しく指で拭って触れる温もりが、こんなにも心地いいなんて思いもしなかったから。

山田くんの手が顔から離れて、ぎこちなく肩に伸ばされ、抱き寄せられる。スーツの生地独特の香りが鼻を掠《かす》めて、涙で汚してしまうのをとっさに申し訳なく思い、その隙間から覗くシャツに顔を押し当てた。

距離を取る選択肢はなかった。

少しだけ躊躇った気配を見せてから、彼のしなやかな手がゆっくりと頭に乗せられる。

ああ、よかった。失わずに済んだんだ。

ほどよい重みを感じ、無意識に浮かんだ安心感に気が抜ける。私は自ずと山田くんの背中に腕を回した。

寒さに身震いして意識が浮上する。次に、慣れたはずのベッドの感触に違和感を覚えて、おもむろに身を起こそうとした。ところが、なにかが邪魔して起き上がれない。

そこで完全に脳が覚醒して体を起こすと、私を抱えるようにして回されていた腕が、ずるりと重力に従って落ちた。すぐ隣にある整った顔が歪む。

ゆっくりと状況を理解して、私は自分の口を手で覆った。

煌々《こうこう》と電気がついたままの私の部屋。テレビボードの上に置いてあるデジタル時計に目を遣れば、時刻は午前五時過ぎだった。

泣くのはなかなか体力を消耗するらしく、どうやら昨日私はあのまま眠ってしまったらしい。ここはベッドではなくリビングのソファで、さすがにネクタイははずしているものの、隣の彼はワイシャツ一枚だった。

私にスーツの上着をかけてくれていたと気づき、慌てる。このままでは風邪《かぜ》をひかせてしまう。いや、もう手遅れ？

とにかく私は彼の名前を呼びかけた。

「山田くん、起きて」

すると山田くんの瞼がおもむろに開く。そして彼はしかめ面で、喉で潰したような唸《うな》り声を漏らしながら上半身を起こした。

どこか痛めたのかと思えば、左腕を押さえている。どうやら私が枕代わりにしたせいで痺れさせたみたいだ。

「大丈夫？」

「大丈夫ですよ。市子さんこそ、大丈夫ですか？」

それはどういう意味なんだろう。迷っていると相手が先を続ける。

「どこか痛くないです？　すみません、さすがにベッドまで運べなくて」

そういう意味か、と納得して私は居た堪れなくなった。わざとらしく手櫛《てぐし》で髪を整えて、気持ちを落ち着かせようと試みる。

「それで、市子さんが離してくれなかったので、つい俺も一緒に寝ちゃったんです」

しかしさらに追い打ちをかけられ、私はもう消えたくなってしまった。山田くんと迎える朝はこれで二回目だ。

それにしてもどうして毎回、私が問題を起こして……って流れなの。いや、そもそも問題がないなら一緒に寝る事態も起こらないか。

「迷惑かけて、本当にごめんね」

ああ、このシチュエーションはデジャビュだ。なにを、と事細かくは言わないし、言えない。おかげで私はまとめての謝罪の言葉を口にした。

山田くんは静かにかぶりを振る。

「いいえ。俺も生意気を言いました。でも市子さん、割り切るのも大事ですし、傷ついていられないのも理解できます。けれど、それと傷つかないのとは話は別ですよ！　つらくて悲しくなるのは悪いことじゃない。当たり前なんです。我慢しないでください」

昨日の発言をもち出され、私は言葉に詰まる。おかげで静かに頷くしかできなかった。続けて、膝に置いていた手をゆっくりと取られたので、それを目で追うように山田くんの方を見つめる。

真剣な口調を崩さないものの、彼の顔はどこか切なげだった。

「市子さんの言う通り、俺はまだ入社二年目でわからないことも、知らないこともたくさんあります。でも、市子さんが仕事に対して真剣で一生懸命なのは知っています。契約さえ取れたらいいって考えじゃなくて、いつもお客さまを第一に考えていることも」

お世辞でも、気を使っているわけでもなく、本心で言ってくれているのが伝わってくる。なんでこんなにも彼はまっすぐなんだろう。

しばらくして、指先から伝わる体温がそっと消える。山田くんが腰を上げるのにつられて私も立ち上がった。

「俺、一度家に帰ってシャワー浴びて着替えてきます。そうしたら一緒に朝ご飯にしましょう。この近くに、早くからモーニングをしているお店があるんです」

思えば、山田くんは昨日の夕飯を抜くはめになってしまったんじゃない？　ほとんど食べていないのは私も一緒だが、なんだか巻き込んでしまって申し訳ない。

玄関を目指す彼の後を静かに追った。

「市子さんの予定がかまわないなら、今日の夜こそ鍋にしましょう」

「昨日、同期の子たちとの約束は大丈夫だった？」

靴を履く山田くんに投げかけると、彼はくるりと身を翻して微笑んだ。

「気にしないでください。それに、〝優先順位を間違えたら駄目だ〟って言ったの、市子さんですから」

まさかここで自分の発言が返ってくるとは思いもよらなかった。山田くんは口を開こうとする私を制する。

「もう謝るのは、なしですよ。それより別の言い方があると思いません？」

そこで嫌味のないウインクがひとつ投げかけられ、私はようやく笑えた。

「ありがとう」

「どういたしまして」

律儀に応酬してから、鍵を開けてドアノブに手をかけた彼の動きが止まった。なにか忘れたのだろうかと思い、「どうしたの？」と尋ねると、再び彼がこちらを向いて近づいてきた。

軽く腕を引かれたかと思えば、頬に温もりを感じる。

「では、また後で」

ひらひらと手を振って、今度こそ山田くんはうちを後にしていった。すぐに隣の家のドアが開く音がする。私はしばらくその場を動けなかった。

こんなのは戯《たわむ》れだ。頬にキスとか今までだって何度もあったじゃない。

それなのに今は胸が締めつけられて痛み、顔もなんだか熱い。相手は会社の後輩で、年下で、おまけに私とは正反対の性格。

そんなはずない。優しくされて舞い上がっているだけだ。けれど、あんなふうに誰かの前で泣いたのはものすごく久しぶりで、きっと山田くんがいなかったら私は泣かなかった。ううん、泣けなかった。

自分の態度を顧みると、反省や後悔がたくさんある。でも、彼がそばにいてくれてよかったと心から思える。それは素直な気持ちだった。

第六章　どんな豪華なディナーより

店頭待機の日にちょうどお客さまがいない合間を縫って、私は本田と店内のディスプレイをちょこちょこといじっていた。

「もういっそのこと、掃き掃除で集めたのを全部ここに持ってくればいいんじゃない？」

苦々しく呟く本田に苦笑する。

店内の展示車の周りや商談用のテーブルに、イチョウの葉などを飾って季節感を醸し出している最中だった。もちろんすべて作り物だ。

本物の葉っぱは外に並んだ木から大量に出ているのに、それはすべてゴミとして集められている。

開店前に店の周りの掃除を担当する総務部の本田にとっては、掃いても掃いても終わりを見せない色とりどりの葉っぱたちは憎々しいものらしい。

ディスプレイ用の袋に詰められている、同じ形をした葉っぱの中から、本田が赤い紅葉を手に取った。

「でも、紅葉をいくらか交ぜるのはいいね。全部紅葉にすると色がキツいだろうから、こうしてイチョウの中に入れてアクセントにするのはいいと思う」

「うん。色合いが濃い分、彩り程度なら雰囲気も出るでしょ？」

提案者である私が同意を求める。

イチョウの葉をメインに秋の雰囲気を出しながら、そこに紅葉を取り入れることにしてみた。

もちろんそれは、山田くんにもらったあの紅葉がすごく綺麗で印象に残ったのがきっかけだ。

でも、それを彼には伝えていない。

本田に押さえてもらい、両面テープで葉っぱを固定していると、「そういえば」と彼女が躊躇いがちに話しかけてきた。

「自動車学校の件、聞いた。書類の担当者の名前が変わってたから」

「そっか」

短く返しつつ、手を休めずにテープを丁寧に貼りつけていく。

「私がなにを言ったところであんたは大丈夫って言うんだろうから、下手なことは言わないけどさ。今回の件、市子は悪くないからね」

「それ、部長にも言われた」

「へえ。それで少し浮上してんの？」

「え？」

思わぬ切り返しに、テープを引っ張っていた私は切る前に顔を上げてしまった。おかげで思ったよりも長いテープができ上がる。すると本田は窺うように、私の顔に改めて視線をよこしてきた。

「思ったより落ち込んでないし、むしろすっきりした顔してるから。部長に慰めてもらったなら私の出る幕なしか」

「そんなんじゃないよ」

わざとらしくおどける本田に対し、私は静かに否定する。

完全に、というと語弊があるけれど、自動車学校の件から一週間近くが経ち、大分気持ちは前を向けていた。

坂下にも本心で、あとはよろしくと言って引き継ぎを行えた。今まで先方とやりとりしてきた内容をまとめたものを作って渡すと、奴は怪訝な顔をしつつおとなしく受け取った。

『市子さん、ちょっとお人よしすぎません？』

『だって、あちらが言いだしたこととはいえ、対応する人にとっては急に担当替えになって戸惑いや不安もあるだろうし』

自宅で坂下への資料をまとめている私に、山田くんは呆れつつ労いの言葉をかけてくれた。

『市子さんて、本当にお客さまが一番なんですね』

元々の性分もある。でも気持ちを切り替えて仕事ができているのは、きっと永野部長のおかげではなくて——。

「いらっしゃいませ」

受付からの声を受けて、私も本田も姿勢を正す。すぐさま出入口の方に体を向けて、やってきたお客さまに頭を下げた。

ブラウンのボブカットに、意志の強そうな瞳が印象的な女性が店内をキョロキョロ見回していた。年は私と同じで二十代なかばか後半くらいか。

「いらっしゃいませ。ご用件をお伺いします」

いつものように話しかけると、女性はこちらを向いた。

「あの、ここに山田一悟っていますか？」

「山田ですか？　少々お待ちください。とりあえず、お席へおかけください」

私と交代した本田が一番近くのテーブルに彼女を案内し、飲み物のメニューを差し出す。

山田くんの名前が出たことに、刹那、虚をつかれたが、それを顔には出さずすかさずインカムで呼びかける。たしか彼は裏で事務処理をしていた。

どういう知り合いだろう。わざわざ名指しで、さらにフルネームを呼び捨てとは、それなりに親しいのかな。

そんな疑問が湧き起こる中、ほどなくして山田くんは現れた。

「あれ？　はるか!?」

「おー。久しぶり、一悟。ちゃんと働いてるじゃない」

コーヒーのカップに口をつけていた彼女が、山田くんの姿を見てにこやかに手を振った。

お互いを呼び捨てにする間柄に、フロア内が一瞬だけざわついた、気がする。

ちらりと受付に視線を投げかけると、西野さんの顔がわずかに強張っている。その隣で本田が好奇心いっぱいの表情だ。わかりやすすぎる。

平日の午後、他にお客さまがいない状況で、いろいろな意味で山田くんと彼女は注目を浴びていた。

「どうしたんだよ、わざわざ職場まで来て……」

「どうしたって、見に来たのよ……車を。ついでに一悟の働きぶりもチェックしようと思って」

「余計なお世話だって」

嫌そうに告げる彼の姿はなんだか自然で、新鮮だった。敬語ではないのもそれに拍車をかける。

そのとき彼が私の方に視線を送ってきたので、勝手に心臓が跳ね上がった。

「御手洗さん、少しかまいませんか？」

「なに？」

ふたりのテーブルに一歩近づくたびに鼓動が速くなって、それを落ち着かせようと私は必死だった。

「彼女は俺の従姉《いとこ》なんです。こちら、いつもお世話になっている御手洗市子さん」

従姉という単語を咀嚼する前に、紹介された彼女に反射的に頭を下げる。

「初めまして、御手洗と申します」

「初めまして、松村《まつむら》はるかです。いつも一悟がお世話になっています」

話を振られ、彼女はにこりと笑った。第一印象はなんとなくクールな雰囲気だったが、笑うとすごく可愛らしい。

私が改めて名刺を取り出し、差し出すと、松村さんは慣れた感じで丁寧に受け取った。

「この子、ちゃんと働けてますか？　ご迷惑をかけていません？」

「そういうの本当にやめて」

心底嫌そうな声を山田くんが上げたが、松村さんはものともしなかった。

「なんで？　いいじゃない。えーっと、五年くらい前？　一悟が家出したとき、かくまってあげたのに」

「家出？」

話に入るつもりはなかったのに、私はつい口を挟んでしまった。

しかし松村さんは気にする素振りもなく、コーヒーのカップを持ったまま大きく頷く。

「そうなんです。この子、いきなり現れたかと思えば『書き置きだけ残して帰国した』って言うから、もうびっくりで。そのときうちにしばらく泊めたんです」

「はるか」

そこで山田くんが話を制するかのように彼女の名前を呼んだ。

「で、車ってどんなのが欲しいの？　説明するから希望を出してくれない？」

お客さまに対する言い方ではないと思うが、彼女が従姉ならあえて私が口を出す必要はない。

これ以上ここにいるのも気が引けて、軽く頭を下げた。

「せっかくですから、ゆっくりご覧になってくださいね。山田くん、優秀ですよ。気になる点は彼に聞いてください」

失礼します、と言ってその場を後にする。松村さんの担当はあのまま彼でいいだろう。

それにしても従姉相手とはいえ、くだけた態度で親しそうにしている彼は、なんだか知らない人みたいに思えた。

従姉と職場の先輩なら、距離の近さだって断然違うのは当たり前だ。どうしてこんなに寂しさにも似た気持ちになるんだろう。

一度裏へ下がろうと思ったところで、受付から本田に小さく手招きされる。なにを聞かれるのかは明白すぎて、私は小さく肩を落とした。


今日の夕飯は親子丼らしい。

らしい、というのは台所に立つ彼が帰宅した私にそう報告してきたから。出汁《だし》のいい香りが台所に漂っている。

正確に数えたわけではないものの、以前よりこうして彼とご飯をともにする回数が増えた気がする。

ふたりで過ごす時間が増えて、他愛ない話を重ねていく。でも、それだけ。キスもなければ体を重ねることもない。

恋人同士と呼ぶには、あまりにもなにもなさすぎて。かといって友人と呼ぶには、なんだか……。

「市子さん、今日はすみませんでした」

ふたりでいつもの定位置に座り、夕飯が始まったタイミングで、山田くんが見計らっていたかのように口火を切った。なんのことだか尋ねる前に彼が頭を掻きながら続ける。

「はるかの件。冷やかしってわけじゃなくて、本気で車を買いたいみたいですから」

山田くんが気にしていた内容より、私はやはり彼が女性の名前を呼び捨てしたことの方に胸がざわつく。そのかすかな動揺は返答にも表れた。

「松村さんて、おいくつ？」

「たしか市子さんと同じ年ですよ。あっちはもう二十七ですが」

同じ年と言われ、少なからず私はショックを受けた。

その理由がはっきりとはわからない。どうして私はこんなにも、松村さんの存在が気になるのか。気になるといえば……。

「山田くん、前に家出したの？」

親子丼の出汁をたっぷり吸ってすっかり色づいたご飯を見つめながら、箸を置いて尋ねる。

すると自然に彼の動きが止まり、おかげでなんだか聞いてはいけない話題に触れてしまった気がした。

「あの、ひとりで帰国するくらいに、よっぽどのことがあったのかなって……」

「今から考えれば子どもだったんです。単に、なにもかもが嫌になって自棄《やけ》になったんです。ちょうどGymnasium《ギムナジウム》の卒業認定試験にも合格して、ホッとした反面、立ち止まって自分の今後を考えると、いろいろわからなくなって」

ギムナジウムとは、中高一貫教育校のようなものだと説明がつけ加えられる。そこでの卒業試験に合格するのが、向こうでの大学入学資格に繋がるんだとか。

また初めて知る話に感心していたら、彼は思い直したように「それでですね」と話題を戻した。

「これといった不満が両親にあったわけでも、生活が嫌だったわけでもないんです。

ただ、なんていうか自分が中途半端な気がして。日本人だけれど外国で過ごす時間の方が実際は長くて、でも向こうにしたら俺は外国人扱いで。そんな感じで、俺の居場所ってどこなんだろうって思いつめていたんです。青春？によくある……えーっと」

「思春期のこと？」

あやふやな言葉の意を汲み取ると、彼はつかえていたものが取れたような顔になった。

「そう、それです。とにかく、これといった原因はなかったんですが、思いきって日本に行ったんです。でも頼れる人間も少なかったもので」

「そのとき松村さんにお世話になったんだ」

「お世話っていうんでしょうか。まあ、いきなり転がり込んだのは申し訳ないと思います」

渋い顔になる山田くんに、私はつい先を促す。

「それで、家出してどうなったの？」

「もちろん、ずっとってわけではなく、二週間くらいして帰りました。両親にしてみればUrlaub《ウーアラオプ》、休みくらいに思ったんでしょう。全然動揺していませんでした。日本に来てからちゃんと連絡しましたし」

「家出してみてよかった？」

「ええ、よかったですよ。あのとき日本に来てよかったって、今でも思ってます」

きっぱりとした口調、迷いのない答えだった。

それを受けて私は「そっか」と静かに返し、再び箸を手に持つ。きっと、日本でずっと普通に暮らしてきた私には想像もできないような苦労や葛藤が、彼にはあったんだろうな。

そんなとき彼のそばで支えてくれる存在がいたのなら、よかった。

松村さんなら彼が弱さを晒け出せるのかな？　従姉で付き合いも長くて、気心も知れているなら……。

『市子さんにだけは、見られたくなかったんです』

あのとき山田くんの部屋を訪れるべきだったのは、私ではなく彼女だったらよかったんじゃないのかな。彼もそれを望んでいたんじゃない？

そんな考えに至ると、締めつけられるように胸が痛みだす。

　まただ。この前のことといい、彼が絡むと、自分がこんなにも弱い人間だったのかと思い知らされる。

　なにこんなに傷ついているの？

　傷つく必要はないはずなのに。

　山田くんの作ってくれた親子丼もとても美味しい。半熟が苦手だ、と言っていた私の好みに合わせて、卵はきちっと固まっている。

　それなのに、今はなにも味がしない。

　ただ口に入れて飲み込む行為に、作ってくれた彼にますます罪悪感を募らせていった。

　最近どうも集中力が落ちている。自動車学校の件がなくなった分、空いた時間は他の仕事に回していきたいのに。

　そんな中、私は仕事を終えてから、会社のホームページに掲載しているスタッフブログを更新していた。

　社員が交代でブログ記事を作成するのだが、私はわりとこの作業が好きで、他のスタッフよりも書いている回数が多い。

今回は本田とバージョンアップさせた店内のディスプレイの写真とともに、今度のキャンペーン情報について掲載した。

このブログをいちいちチェックしている人がいるのかは正直、謎だ。でも入社した頃から続けていて、お客さまの許可があれば、納車の様子や試乗した感想などもアップしている。

投稿ボタンを押して、今日の仕事はこれで完了だ。

スーツはどうも肩が凝ってしまう。肩の関節をほぐしていると、いきなりその肩にぽんっと手を乗せられた。

「市子、お疲れ！」

「……本田」

私は非難の意味も込めて、テンション高めの本田とは真逆の声で返した。

本田は気にする素振りもなく、さらに後ろから私に顔を寄せて、まるで内緒話でもするかのように声をひそめる。心配しなくても、今は周りにほとんど人がいないのに。

「ちょっと聞いて、事件、事件！」

「なに？　私、とりあえず着替えてくるから」

「今は更衣室に行かない方がいいよ」

「どういうこと？」

つられて私まで声が小さくなった。興奮を抑えきれないといった面持ちの本田は、一瞬だけ無表情になる。

「西野さんね、山田くんに告白したけど駄目だったらしいよ」

「えっ!?」

思わず振り向いて出た声に焦る。本田も人差し指を口の前で立てて、『静かに』というジェスチャーを作った。

「もうっ。話はここから。なんでもね、振られた理由が――」

「好きな人がいる？」

私はつい言葉をかぶせて、先に声にしてしまった。すると本田が目を丸くして私を見つめてくる。

「え、なんで？　山田くんからなにか聞いたの？」

「いや、西野さんの件は知らないけれど、好きな人がいるっていうのは……」

本人からではなく坂下経由から聞いた話だ。

彼は以前、坂下にそう告げていたので、今回の件もそこまで驚きはしない。

「そうなんだ。でも『もう何年も前から想い続けている人がいる』って、どんな相手なんだろうね。あの山田くんがそんな長い間、片想いだよ？　付き合っているわけじゃなく、西野さんがかなり粘ったにもかかわらず、取りつく島もなかったらしいし」

続けられた本田の説明に、私は頭が真っ白になった。

何年も前から？

その情報は初めて知った。

「意外にさ、この間来店していた従姉さんだったりして。親しそうだったし、前からの知り合いなんでしょ？　日本に帰ってきてからはそんなに経っていないし。それとも、あっちにそんな相手を残してきていたりするのかな？」

勝手にいろいろと憶測する本田の声を、どこか遠くに聞いていた。

前に坂下から山田くんのことを聞いたとき、好きな人がいるのは嘘だと思っていた。

でも、嘘ならわざわざ『何年も前から』なんて言う？

だとしたら、どうして好きな人がいるのに私と過ごしているんだろう。

たしかに恋人らしいことはなにもない。多少のスキンシップはあるものの、外国暮らしの長い彼にとってはそれくらいなんでもないのかもしれないし。

ただの暇潰し？

その好きな人がそばにいないから？

わからない。山田くんと一緒に過ごしてお互いに理解を深めているつもりだった。でもそれは全部私のひとり相撲《ずもう》で、本当は彼のことも、気持ちもなにも知らない。教えてもらえない。

「市子ってば！」

強く呼びかけられ、はっと意識を戻す。背後から話しかけていたはずの本田がいつの間にか隣に来ていた。

「そんな怖い顔してどうしたの？」

「そんな怖い顔してた？」

「してた、してた。鬼も逃げ出す形相」

わざと目を吊《つ》り上げる本田に、私はため息をついた。もういちいち怒るのも面倒だ。それをフォローするかのごとく本田が早口で捲したてる。

「市子もさ、彼氏作ったら？　長い間いないでしょ。もしくはこの際、永野部長に本気出していこう」

「やめてよ」

「えー、なんで？　市子は意地っ張りだし、甘え下手だから、永野部長くらい余裕のある男がいいと思うんだけどなー」

「俺がどうした？」

まさかの声に私も本田も固まる。

声のした方をおそるおそる向けば、出先から戻ってきたらしい永野部長の姿があった。

「お疲れさまです」

慌てて立ち上がり、頭を下げる。

今の会話、聞かれてた？

不安になりながらも、永野部長はいつも通り自分のデスクに向かい、鞄から資料を取り出して確認している。

よかった。聞かれていなかったみたい。

「そういえば、御手洗」

「な、なんでしょうか？」

ところが不意打ちで呼びかけられ、すぐさま背筋を正す。すると永野部長が困ったように笑った。

「そんな、かまえるなって。いや、前に話してた飯の件、考えとけよ。いろいろあったし慰労会を開いてやる」

『いろいろ』が自動車学校の件だと、すぐにわかった。それをあえて口にしない永野部長の優しさも。

「お気遣いありがとうございます。でも大丈夫ですよ」

「部長、御手洗は意地っ張りなんですから、もっと強引に誘ってやってください」

「本田。それを俺がしたらセクハラだろ」

本田の茶々に永野部長が顔を引きつらせた。しかし本田は、そんなのおかまいなしだ。

「いいじゃないですか。御手洗は今、彼氏もいませんし、部長もひとりなわけですし。御手洗が部長の誘いを本気で嫌がらないのはよーく知ってるじゃありませんか」

「ちょっと、本田」

ぐいぐい話を押し進めていく本田を、さすがにたしなめる。すると永野部長は困惑気味に微笑んだ。

「それは上司としてありがたいな。よし、御手洗。こうなったらうまいものでも食べに行くぞ。お前が行ったことがないような店に連れていってやる」

茶目っ気交じりに言われて、私よりも本田の方が「やったー」と喜んでいる。

断りはしないものの、私の胸中はなぜか複雑だった。

前なら永野部長から食事に誘われたら、内心は舞い上がっていた。疚しい気持ちはないし、仕事の延長線だとはわかっていたけれど。

入社してしばらくの頃は、気分転換や相談も兼ねてよくお昼に連れ出してもらったのを思い出す。

今だって仕事で聞いてほしい話や、聞きたいこともある。ましてや今、永野部長は気兼ねする相手もいないわけだし。私だって……。

そのとき「お疲れさまでーす」と複数の声がこちらに向けられる。そこには西野さんをはじめ、私服に着替えた同期の女性たちがいた。

ああ、なるほど。本田が先ほど私を止めたのはこういうことか。更衣室で彼女たちは話し込んでいたのだろう。

私はまともに西野さんの顔が見られず、着替えようと更衣室に足早に向かった。

山田くんに本当のところどうなのかを尋ねてみようか。意外に、信憑性《しんぴょうせい》をもたせるため、とか、好きな人が誰なのか追及されないため、とか。それでついた嘘なのかもしれない。

その考えに必死でもっていこうとして、ふと気づく。

私はなにを望んでいるの？　これじゃまるで、彼に好きな人がいるのが嘘であってほしいと願っているみたい。

私にそんなことを願う権利はない。

むしろ本当に山田くんに長年の想い人がいるなら、それが叶うように願うのが先輩としては正しいんじゃない？

心に靄《もや》がかかったまま、着替えを終えてから営業部に再び顔を出す。先ほどの西野さんたちと同じく「お疲れさまです」と声をかけて、社員専用の通用口から外に出た。

冬とまではいかないが、日が沈んでからの空気はより一層冷たくて、なんだか身を切られる思いだった。


今日は先に帰った山田くんがご飯の支度をしてくれている、はずだ。いつも通り家路につき、緊張しながらカードキーを鞄から取り出す。

どうして私が勝手に気まずさを感じているんだろう。彼が誰に告白されたって、誰を想っていたって私には関係ない。私たちの関係だって――。

逸《はや》る鼓動とともに、わずかに手が震えた。これはきっと寒さのせいだけじゃない。耳慣れた解錠音とともに、そっとドアを開ける。自分の家なのに息を殺して、ちらりと視線を落とすと、彼の靴があった。

それにしても、静かに入ってきたとはいえ、基本的にいつも彼は私を出迎えるのに今日はその気配がない。

素早く中に入り、リビングのドアを開けようとしたら、なにやら話し声が聞こえた。どうやら電話中らしい。

ここがいくら自分の家とはいえ、彼が電話をしている最中に入っていくのは躊《ちゅう》躇《ちょ》した。

この時間からするとお客さまかな？

迷いつつドアノブに手をかけたところで、聞こえてきた名前に動きが止まる。

「だから――はるかは――」

全部は聞き取れない。ただ、電話の相手が松村さんなのはわかった。どんっと背中を押されたような衝撃を受ける。

きっと車の件かな。仮にプライベートな話題だとしても、ここは私の家で、普通に中に入っても失礼ではない……はず。むしろ、こうしてドア一枚隔てて聞き耳を立てている方が失礼だ。

わかっているのに、足を縫いつけられたかのごとくその場を動けない。

そのとき彼が大きく息を吐いたのが伝わってきた。そして――。

「やっぱり俺って恋愛対象外？」

人間の耳は、無意識のうちに自分にとって関心のある情報を選別して脳に届けるらしい。

でも、はっきりと耳に届いて脳に残った情報は、私にはいらなかった。

その後、なにやら小さくやりとりをして電話は終了した。彼がドアから遠くなる

のを感じて、私は平常心を取り戻そうと躍起になる。

やっぱり山田くんには好きな人がいて、その相手は松村さんだったんだ。

そう理解すると、彼のさまざまな発言が繋がっていく。

『叶えたい夢があるんです。もう、ずっと前から決めていたことがあって。それを

叶えるために、今ここにいるんです』

『ええ、よかったですよ。あのとき日本に来てよかったたって、今でも思ってます』

数年前に気持ちが落ち込んで日本にやってきたとき、山田くんは松村さんのとこ

ろにいた。

弱っているときに彼が頼れる相手で、きっとその際に彼の中でいろいろあったの

かもしれない。

彼女のおかげで山田くんは、こうして今、頑張っていられるのかな。

それなら私はなんなんだろう。たった一度寝てしまったからという理由で、こうしてそばにいる私は。

彼の電話口の発言で、松村さんに想いを伝えているのがわかる。同時に、それが実っていないことも。

私は、彼女の代わりなの？　私が松村さんと同じ年で彼にとって年上だから？　わからない。けれどひとつはっきりしているのは、山田くんには想い人がちゃんといるんだ。

第七章　本当はいちごが一番好き

「市子さん？」

　はっと我に返ると、食事を終え、テーブルに向かい合わせに座っている山田くんが心配そうな顔をしてこちらを見ていた。動かない私を不審に思ったらしい。

「どうしました？　お口に合いませんでした？」

「そんなことはない、よ」

　私は静かに首を横に振る。しかし、彼はどうも納得していない様子だ。

「本当ですか？　気分でも――」

　熱を測ろうとしてなのか、私の額に伸ばしてきた山田くんの手を、思わず体を逸らして拒否する。

　あからさますぎる態度に彼の目が点になった。その表情とともに、私の中のなにかが抑えきれなくなり、言葉がついて出る。

「山田くん、いい加減この関係やめよう」

「え？」

「もう終わりにしよう」

一息に言いきって、心臓がばくばくと音をたてる。

終わりにするような関係さえ、私たちにあったかな。

別れ話と呼ぶには大げさすぎる。ただ、この曖昧な関係を断ち切りたい。その一心だ。

「急にどうしたんです？」

「どうしたって。だって、不毛だよ。山田くんにとっては初めてで、申し訳ないとは思うけれど、一度寝ただけでこんなふうに時間を無駄に過ごして。私のこと十分に知ったでしょ？」

それらしい理由を並べたてるが、それこそ全部今さらな内容だ。感情的になる私とは対照的に彼は落ち着いていた。

「俺はまだ知らないことばかりです。もっと市子さんを知りたいって思ってます」

その返答に私は顔を歪める。

知って、その先になにがあるの？

それを問いつめるのも、答えを聞くのも、今の私にはできない。

吐き気にも似た苛立ちが全身を駆け巡っていった。

「好きな人ができたの」

前触れのない私の告白に、さすがの山田くんもいささか驚いた表情になる。そんな彼の顔を見ていられず、うつむいた。心臓が痛くて、息さえうまくできない。口にした勢いのまま私は続ける。

「だから、終わりにしたい。もう嫌なの」

懇願にも似た声は泣きだしそうだった。それを悟られたくなくて、ぐっと奥歯を噛みしめる。

「……そう、ですか。それならしょうがないですね」

耳鳴りがしそうなほどの痛い沈黙を破ったのは、山田くんの方だった。ゆっくりと立ち上がるのを感じつつ、私はなにも言えず動くこともできない。

「市子さん、ひとつ聞いてもいいですか？」

またた。山田くんはいつもこうやって聞いてくる。

声の方向から、部屋を出ていこうとした彼がこちらを向いたのがわかった。

「市子さんにとって、俺と過ごした時間って無駄だったんでしょうか？」

まさかの質問に、私は大きく目を見開く。

『こんなふうに時間を無駄に過ごして』

訂正しないと。

そう思って顔を上げると、なんだか今にも泣きだしそうな傷ついた表情の山田くんが目に入って、言葉を全部封じ込める。

「今まですみませんでした」と小さく告げられ、彼が玄関から出ていくまで私はなにもできなかった。息さえ止めていた。

これでよかった……んだよね。

山田くんには想い人がいて、そんな彼とこれ以上一緒にいても、彼のためにもよくない。

私だって代わりはごめんだし、今のままじゃ本当に好きな人もできない。

好きな人……。

目を伏せて、あれこれ浮かび上がる考えにぐっと蓋をする。

だってしょうがない。顔も性格も文句なし。優しくて、大事にしてくれて。甘い言葉と、とびっきりの笑顔。そんなものを向けられたら、たいていの女性は好きになってしまう、と思う。

きっと私がこんな気持ちになるのも無理はないんだ。山田くんが特別ってわけじゃない。彼にとってもそうだったように。

でも本当に？　私がこんな気持ちになるのは本当にそんな理由？　それだけ？

そこでふと、見慣れない白い封筒が部屋に落ちているのを見つけた。山田くんの座っていた席の近くにあったので、彼の忘れ物かもしれない。

そっと拾い上げ、悩みながらも一応中身を確認する。そして思わず息を呑んだ。

よれひとつない綺麗な封筒には、来月末から開催される有名ホテルの苺ビュッフェのチケットが二枚入っていた。

そういえば、もうすぐ苺の美味しい季節だ。完全予約制でなかなか値段も張るのに、どうしたんだろう？

そこでその疑問をすぐに打ち消す。

どうしたんだろう、なんて考える間もない。

『いつか苺を食べに行きましょうね』

あのとき彼が言ったのは本気だったんだ。

本気で、私と……。

『意地張ってもしょうがないですよ。素直になったらどうです？』

『好きなら素直になった方がいいですよ』

私は手の中にあるチケットを再度見て、その場から立ち上がる。そして着の身着のまま部屋を出た。

彼のため、と突き放す真似をして、結局は自分が傷つくのが嫌だった。もう嫌と言ったのは、自分がこれ以上傷つきたくなかったから。

年下とか、職場の後輩とかあれこれ言い訳して、自分のくだらないプライドを守るために彼にひどいことを言った。

きっと叶わない。逆に気を使わせてしまうかもしれない。

それでも、このまま終わってしまうよりはいい。だって、私――。

時間も時間なのに、嫌がらせのごとく隣の部屋のインターホンを連打する。しばらく間があってから、勢いよくドアが開かれた。

「市子さん⁉」

どうしたんですか？の声を無視して、私は玄関に足を踏み入れた。

慌てながらもドアを閉めた山田くんが動揺しながらこちらを見ている。私は改めて彼と向き合い、今度は相手から視線を逸らさなかった。

「山田くんの馬鹿！」

唐突に発した言葉に、山田くんは大きな瞳をこぼれ落ちそうなほどに見開く。続けて私は彼がなにかを言う前に捲したてて続ける。

「顔もよくて、性格も経歴も申し分ない。優しくて、仕事もできて、女性の扱いも慣れているし、誰にでも笑顔で、まっすぐで、素直で……」

まるで私と正反対。

本当に山田くんは馬鹿だ。

たかが一度寝たくらいで、そのことに価値を見いだそうとして。他に好きな人がいるくせに、常に私を気遣ってくれて。

いつも人の心をかき乱してくる。絶えず甘い言葉と、とびっきりの笑顔をくれる。

けれど――。

「私、そういうのいらない」

そう、いらないの。

それだけならきっと私も諦められた。こんな行動を取ることもなかった。ただ、彼はそれだけじゃないから。

私は山田くんの顔をじっと見つめ、次の言葉を声にするかどうか一瞬、迷った。

そうしているうちに彼の唇がおもむろに動く。

「あの――」

「素直じゃなくて、意地張ってばかりで……ごめんね」

重なった私の言葉が静かな玄関に響き、いつの間にか涙が頬を濡らしていた。

『ごめんなさいは？』

優しいだけじゃない。意地っ張りで、変にプライドが高くて、なかなか素直になれない私をちゃんと叱ってくれた。謝らせてくれた。

自分でも無意識のうちに我慢していた涙を見つけて、私以上に私自身と向き合ってくれた。

それは年下とか、後輩とか関係なくて、そんな山田くんが私は——。

「好きだから。無駄なんかじゃない。本当はずっと一緒にいてほしい」

涙交じりでうまく言葉にできない。こんなことを言っても困らせて、気を使わせるだけだ。返事もわかっている。

でも、素直になってもいいと言ってくれたのは彼だ。

自分の指で、頬を伝う涙を拭う。

伏し目がちに山田くんから目線をはずすと、いきなり正面から力強く抱きしめられ、息が詰まりそうになった。

「市子さんは、俺の心臓を止める気ですか？」

いつもよりずっと近くで聞こえた声からは、わずかに動揺が感じられる。しかし、言われている意味がよく理解できない。どうして抱きしめられているのかも。

私の告白は、そこまで驚くようなものだったの？

どんなふうに返せばいいのか戸惑い、黙ったままでいたら、回されていた腕にさらに力が込められた。

「いきなり、好きな人ができたから関係を終わらせたいって告げられて。気持ちの整理もつかないまま帰ってきたら、今度はわざわざやってきて馬鹿と言われ、もういろいろな意味で泣きそうです、俺」

あまりにも突拍子のない自分の行動と発言を思い返し、あたふたする。すると山田くんが腕の力を緩めて私を解放した。

……と思ったのは束《つか》の間で、互いの額がぶつかりそうなほどの距離まで顔を寄せられる。

いつもの笑顔は鳴りをひそめ、射貫くような強い眼差しが向けられていた。

「でも、好きって言ってくれましたよね？　一緒にいてほしいって。それって俺のことですよね？」

「……他に誰がいるの？」

低く真剣な声色に対し、私の声はよれよれでなんとも情けない。また涙が溢れそうになるのをぐっと堪えていると、彼の顔がふにゃりと崩れた。次の瞬間、唇に温もりを感じる。

「なっ！」

驚いて一歩後ずさるも、そんなにスペースのない玄関ではあまり意味がなかった。

逆にバランスを崩しかけて、山田くんが抱き留めるように私を支える。

「すみません。嬉しくて、つい」

照れながら言われると、なんだかこちらも恥ずかしくなる。しかし、今はそれどころじゃない。これだけは言っておかないと。

「山田くん、キスは好きな人とだけにしておきなさい」

「市子さん、なに言ってるんです？」

彼の呆れた口調に私はむっとする。おかげで涙も止まり、いつもの調子が戻ってきた。

「あのね、何度も言ったでしょ。ここは日本なの。百歩譲って頬やおでこはいいとしても唇はなし。いくら告白されて嬉しくても、その気がないのにキスはしないの」

「ちょっと待ってください。市子さん、俺のことどんな人間だって思っているんですか。いくら外国暮らしが長くても、好きじゃない相手にキスしませんよ」

「だからね、好きじゃない相手とかじゃなくて——」

どう説明しようか悩んでいたら、前触れもなく再び唇が重ねられた。私にとっては完全な不意打ちで、支えるために回されていた彼の腕は、いつの間にか私が逃げないように力が込められていた。

ただ重ねるだけ。けれど長くて息が苦しくなる。一瞬だけ離れて、無意識に酸素を取り込もうとするも、すぐにその口を塞がれる。

頬に手を添えられ、何度も角度を変えては繰り返される口づけに、私の心臓は壊れそうだった。

「どう言ったら伝わります？　こんなこと市子さんにしかしませんけど」

「……な、んで？　だって山田くん、好きな人がいるのに」

ようやく離れた彼の唇から紡がれた言葉に、私は小さく反論する。すると彼はわけがわからないという表情を作った。それはこっちの方なのに、

さっきから話が噛み合わないので、私は自分から白状する。

「山田くん、西野さんの告白を『何年も前から想い続けている人がいる』って断ったんでしょ？　それに松村さんに『俺って恋愛対象外？』って尋ねているのを聞いちゃって。松村さんのことがずっと好きなんだって……」

そこまで言って、彼の腕の中にまた閉じ込められた。

触れたところから伝わってくる体温が心地いい。とはいえ自分から背中に腕を回すことはできず、私は硬直したままだった。

ややあって、山田くんの切羽詰まった声が耳に届く。

「誤解されるような真似をしてすみません。でも西野さんに言ったのも、はるかに聞いたのも、全部市子さんのことなんです」

「え⁉」

今度は私が目をぱちくりとさせた。

でも、山田くんは好きな相手について『何年も前から』と言っていたような？　私と山田くんは、出会ってようやく一年半経ったくらい……だよね？

その考えは顔に出ていたらしい。山田くんは私の頬を撫でて優しく微笑むと、とりあえず家に上がるよう提案してきた。

たしかにいつまでも玄関で突っ立っているのもつらい。躊躇いつつも私は、彼に倣って靴を脱いだ。

通されたリビングのカウチソファに、勧められるまま遠慮がちに座る。私の家にあるものよりも、よっぽど上等なものだった。同じ部屋の構造なのでどこか不思議だ。

　まじまじと室内を見渡していると、山田くんがコーヒーを淹れてくれたので、素直にお礼を告げてカップを受け取る。隣に彼が座ったタイミングで、私は気になっていた件について尋ねる。

「私、山田くんとどこかで会ってるの？」

　その質問に、山田くんはこちらを見て笑った後、正面を見据えた。

「市子さんは覚えていないと思いますけど、もう五年も前の話です。市子さんが大学四年生の夏、会社で研修がてら週末のイベントの手伝いをしていましたよね？」

　私は懸命に記憶を辿る。たしかに在学中から会社でアルバイトをしていて、内定をもらったこともあり、大学四年生の週末はイベントの手伝いをしていた。

「そのときにいませんでした？　市子さんに向かって、『営業に向いてない』なんて生意気言って、挙句に苗字をおてあらいさんって読んだ奴が」

「……え、っあ！」

　茶目っ気交じりに言われたその言葉で、頭の底に眠っていた記憶が一気に溢れ返る。

搔いた汗さえすぐに蒸発してしまいそうな暑い夏の日、お盆中の週末キャンペーンは盛況を見せ、店内外にお祭りの露店を模したイベントブースが並ぶ中、多くの来場者を迎えていた。

家族連れがメインで、新型車の公開や試乗サービス、無料点検などあちこちで対応に追われていたとき、私はたしかに〝彼〟に出会った。

＊　＊　＊

「君、顔色悪いよ？　大丈夫!?」

少年、と呼ぶにはいささか大人びている一方で、青年と呼ぶにはどこかあどけなさを残していた。背が高く、くっきりとした目鼻立ちは、そこら辺のアイドルよりもずっと目を引く。

色白で全体的に色素が薄い彼は、照りつけるような太陽の元、今にも倒れそうに思えた。

「大丈夫です」

そっけなく返されたにもかかわらず、私は強引に彼を休憩用のテント下まで誘導して座らせる。おとなしく指示に従うということは、やはりどこか調子が優れないんだと確信した。

とりあえず、お客さまへ配るために用意していたスポーツドリンクを手渡したところで、彼から意外な言葉が投げかけられた。

「俺、客じゃありませんけど」

「だから？」

「だから、親切にしても車は買いませんよ」

ペットボトルに口づけた彼の横顔に、私はつい吹き出す。すると彼はあからさまに面白くなさそうな面持ちでこちらに視線をよこしてきた。

「なんで笑うんですか？」

「いやいや、そんな打算的じゃないよ」

「ださん？　あなたの仕事は車を売ることでしょ？」

年下とはいえ、堅い敬語でかまえた言い方なのが少し気になった。でも、あえてそこには触れずに私は微笑む。

「そうだね。でも、それとこれとは別だよ」

「なら、俺の見た目ですか？」

間髪を容れずに続けられた言葉に、目が点になる。

たしかに彼の見た目は十分に魅力的だ。とはいえ、それをこんなストレートに自分で言う？

逆にそういう内容を警戒して口にするのは、彼が容姿のせいでいい思いと同じく、いくらか不快な経験もしてきたのだろうと推察できた。だから――。

「大丈夫。そんな下心はないよ。年下は対象外なの」

安心させるために大げさな言い回しで告げて、私はわざとらしく辺りを見回す。この暑さからか、外にいたお客さまの多くは建物の中に入っていた。

「お連れさまは？　心配してるんじゃない？」

「どうでしょう。元々、俺の居場所はここじゃありませんから」

「え、なに。君、どこか違う星から来たの？」

おどけて言ってみせたら、彼は微妙な表情を作ってこちらを見た。そして、おもむろに立ち上がる。

「なに言ってるんですか。もう行きます。ありがとうございました」

「ねえ、車嫌い？」

「嫌いです。乗るつもりもありません」

本音かどうかは置いておいて、迷いなく拒絶する物言いだ。

こうして改めて並んでみたら彼は私よりも背が高く、見上げる形になる。彼の表情は、さっきまでとはまた違う印象を抱かせた。

そこである考えが閃《ひらめ》いて、私は近くの新車紹介用のブースからモデルチェンジした最新の車のカタログを一部取った。そのまま彼の元に急いで戻り、差し出す。

「はい。これあげる」

「俺の話、聞いてました？」

「聞いてたよ。でも君が、私の仕事は車を売ることだって言ったから。それに、今は嫌いでも未来は誰にもわからないよ？　通勤で必要に迫られるかもしれないし、好きな人ができて乗せてあげたくなっちゃうかも」

わずかに眉を寄せ、彼の綺麗な顔が歪む。

陰になっている場所にいるとはいえ、コンクリートに反射した太陽の熱は、直接的ではなくても私たちに熱をもたらしていた。

私も暑いのは嫌いだ。今日、外の担当になってひそかに落胆していた。

けれど……。

「私ね、来年からここで働くのが決まっていて、営業職希望なんだ。今日は研修も兼ねて手伝いで来ていて、まだ実際に営業したことはないの。だからね」

受け取ってもらえないままでいたカタログを、さらに彼の前に突き出す。

「私にとって、記念すべき初めてのお客さまは君だよ。これから始まる私の長い営業人生の中で、貴重な初めてを君にあげよう」

えっへん、と年上ぶってみれば、彼はわずかに目を瞠った。そして視線を逸らしながらため息をつく。

「けど、初めての営業相手に失敗ですね。営業、向いてないと思いますよ？」

「最初から成功する人は、なかなかいないよ。でも私は今日、初めてのお客さまに、君に会えてよかったよ。来てくれてありがとう」

居場所がないと言った彼が抱えている事情を詳しくは知らないし、聞くことでもない。

でも、私は彼に会えてよかったと思う。これっきりの出会いだとしても。

単純に、そんな気持ちがちょっとでも伝わればいいと思った。

彼はしばらく難しそうな顔をして、視線をどこか一点に集中させる。

「おてあらいさん、ですか？」

「これで〝みたらい〟って読むんだよ。ほら、今日来てよかったね。ひとつ賢くなったでしょ？」

どうやら彼が見ていたのは私のネームプレートだったらしい。ウインクをひとつ投げかけたら、彼は表情を崩さないまま、私の手にあったカタログを取った。私は驚いて一瞬反応に困ってしまう。

「一応、もらっておきます。仕事の邪魔をしてすみませんでした」

「いーえ。でも自分に自信があるのっていいことだよ。営業に向いてると思う！」

それに返事はなかったが、彼に視線を送った。立ち去る彼の後ろ姿は背筋が伸びて綺麗だった。

名前を聞いてくれた流れで、せっかくなので私も彼の名前を聞いておけばよかったな。

わずかに後悔して、私は自分の仕事に戻ったのだった。

＊＊＊

きっかけさえあれば、こんなにも鮮明に思い出せるのに。

あれから始まった慌ただしい社会人としての、営業としての毎日に、私は山田くんとの記憶をすっかり頭の奥の奥にしまい込んでいたらしい。

「家出したって話しましたよね？　あのときは、この近くにある祖父母の家に滞在していたんです。そのとき、はるかの就職が決まって、通勤車を見るために家族ともども付き添いで週末のイベントに行ったんです」

松村さんが『うちでかくまっていた』と言っていたのは、同居している祖父母宅を指していたんだ。松村さんがひとりで住んでいたわけではないとわかり、内心で胸を撫で下ろす。

それにしても、自分はいつからこんな些細なことでやきもちを妬く人間だったんだろう。知らない自分に戸惑いが隠せない。

さらに聞くと、出会ったきっかけや、年が同じなのもあって、松村さんには私のことをずっと相談していたらしい。この前彼女がやってきたのは、車はもちろん、彼がいつも話している私に会いに来たのが一番の目的だったんだとか。

おかげで、ひとりでいろいろと勘違いしていた自分が恥ずかしくなる。

「五年前、あのときの市子さんにとってはなんでもないことだったんでしょうけれど、正直俺にはすごい衝撃でした。単純ですが、もう会うこともないかもしれない他人の俺を損得なく一生懸命励まして、優しくしてくれて。会えてよかったって言ってもらえて嬉しかったんです」

懐かしそうに語る彼の話を聞く一方で、今の今まで忘れていた自分を責めてしまう。それにしたって――。

「忘れていてごめんね。でも、そんな一回会ったくらいで？」

「もちろん、ずっと好きってわけじゃなかったです」

勝手だとは思うが、あっさり肯定され軽くショックを受ける。

反対に、隣に座っている山田くんは頬を緩ませ私の頭に触れた。いつもより遠慮のない触り方だ。

「ただ、ずっと会いたかったですよ。大学を卒業した後の進路は、帰国して就職するって迷わず決めていましたし。市子さんがまだ働いているんだって、ここのブログもちゃんとチェックしていましたから」

わざわざあのブログを誰が見ているんだろうと思っていたが、まさかの読者がここにひとりいた。そこまでするほどのことなの？　そんなにまでして私に……。

「会ってどうするつもりだったの？」

「会ってお礼を言いたかったんです。市子さんに会えたから、働くことにも前向きになれたし、なんだか抱えていたものが落ちて、ひねくれもせず勉学に励んで日本語も上達しましたから」

「私が勤めているからって、わざわざうちに就職したの？」

やや声のボリュームが大きくなる。しかし彼は不思議そうに首を傾げた。

「いけませんか？　祖父母宅が近いのもありましたし、市子さんと同じ世界を見てみたかったんです」

唖然として言葉が出ない。山田くんみたいな優秀な人材なら引く手あまただろうし。私は知らず知らずのうちに、彼にとんでもない影響を与えていたらしい。それがいいことか悪いことかまでは計りかねる。

彼の手は私に触れたままで、頭を撫でながらも髪に指を通して遊んでいる。

私より大きい手のひらや指先の感触がダイレクトに伝わってきて、なんだか胸が締めつけられた。それを吹き飛ばしたくて、私は彼の方を見ずに口を開く。

「でも、がっかりしたんじゃない？　仕事は思ったより大変だし、ノルマもあるし。なにより私もこんなんだし」

「そうですね。俺のことをまったく覚えていないし、失礼を承知であのときと同じように名前を聞いてみましたが、冷たく返されてしまいましたし」

「だって……」

ちくちくと責められる言い方に、つい口ごもる。

山田くんがあのとき、あんな聞き方をしてきたのは、帰国子女だからでも素が出たわけでもない。出会ったときと同じ尋ね方をしただけだったんだ。

さらに、初めてのお客さまについても尋ねてくれたのに、そこでもなにも思い出さずスルーしてしまったとは、薄情なのもいいところだ。

「本当に印象が違ってびっくりしました。出会ったときは、よく笑って、明るくて、仕事に対しても夢いっぱいって感じだったのに」

「勝手に憧れを抱いて、失望したっていうのはやめてくれる？」

意識せずとも可愛げのない言い方をしてしまい、すぐに心の中で後悔した。けれど彼は気を悪くしたふうでもなく、あっけらかんと返してくる。

「失望なんてしていませんよ」

そこで触れていた彼の手が頭を伝って、頬に下りてくる。その手の温もりに私は思わず彼の方を見つめた。その先にある彼の顔は、想像していたよりもずっと穏やかだった。

「いろいろあったんですよね。俺が想像もつかないつらいこともたくさん経験して、それでも途中で投げ出さずに仕事を続けるために、必死だったんだなって。市子さんが一生懸命なのは知っていますし、それはずっと変わっていませんから」

ああ、もう。突っぱねたくなってしまう。そんなのはいらない、と言ったばかりなのに。どうしてこうも山田くんは私の頑なな部分をうまく溶かす術をもっているんだろう。

「ずっと見ていたから知っていますよ。いつも外に出るとき、嬉しそうに展示車を見てから行くのも。苺が好きなのを口にしなくても幸せそうに食べている姿とかも」

「なんで私と前に会っていたことを言ってくれなかったの？」

そんなに想っていてくれたのに。言う機会はいくらでもあったはずだ。現に今だって話を聞いて思い出せた。

その指摘に山田くんはなんとも言えない顔になる。

「憧れだけなら言えましたけどね。でも、それじゃ嫌だったんです。あのときも今も、市子さんにとって俺は頼りない年下の男扱いで。ちゃんとひとりの男として見てほしかったんです」

そこで彼は言葉を一度区切り、切なげに顔を歪めた。

「市子さんへの気持ちを改めて確かめたいのもありましたが、なにより俺を好きになってほしかったから。だから、あんなことになったのにつけ込んで、こんなまどろっこしい関係を迫ったんです。すみません」

急に自分たちの曖昧な関係の元を正され、今になって羞恥心が走る。

そう考えると順序が逆すぎる。さらに、それさえも私は覚えていないので、もう彼をとやかく責める気も権利もない。

「市子さん」

「なに？」

改めて名前を呼ばれ、山田くんを見つめると、大きな瞳が私を捕らえていた。真剣な空気に包まれ思わず息を呑む。

これ以上、なにを言われるの？

「もうこの際、白状します。心配しなくても、俺たちなにもしてませんよ」

それからどれくらい間があっただろう。

彼に言われた言葉の意味をフリーズしかけている脳で必死に理解し、それからできた反応は、声にならない叫び声を上げることだった。

「え、嘘。え!?　だって、山田くん、初めてだって」

「初めてですよ。あんな葛藤を抱えてほとんど一睡もできなかった夜は」

そういう意味!?

たしかに彼は核心めいたことはなにも言わなかった。

「市子さんが『暑い！』って文句言いながら、こちらが止めるのも聞かずに勝手に脱いだんです」

「ご、ごめん」

もう顔から火が出そうだ。山田くんが起きて一番にエアコンの件を謝ってきたのは、そういう前提があったかららしい。

それにしても、これならまだ既成事実があった方がマシだったような。

どれだけ迷惑な先輩であり隣人なの。もう居た堪れなさ全開で涙が出そうになってくる。

おかげで、まともに山田くんの顔が見られずに、穴があったら入りたい気持ちで身を縮めた。すると彼の腕がゆっくりと伸びてきて、優しく抱きしめられる。

「卑怯《ひきょう》だって思ったんですけれど、こっちはずっと動揺しっぱなしだったのに、市子さんはすごく冷静で。しかもあっさりと『なかったことにしてほしい』なんて言うからちょっと意地悪したくなったんです」

ぶっきらぼうな声は、いつも職場で話している余裕のあるものではなくて、なんだか子どもっぽく、すごく可愛らしく思えた。

それを口にすると機嫌を損ねそうなので、なにも言わないでおく。その代わり、さっきは回せなかった彼の背中にようやく腕を回せた。

山田くんはゆっくりと顔を上げて、唇が触れ合いそうなほどすぐ近くまで寄せてくる。睫毛の長さがわかるくらいの間合いだ。

「仕事以外でほとんど接触もない、自分を忘れている憧れの人が、家の隣で気を失いそうになっている。あのとき、俺は初めて神さまの存在を信じましたね。でもその次は地獄ですよ。わかります？　そんな人が自分で服を脱いで、無防備に隣で寝ているんですよ？　しかも、うわ言で彼氏と別れたと聞かされて、俺がどんな気持ちだったか」

「どんな気持ちだった？」

開き直って聞いてみる。すると山田くんは返事はせずに唇を重ねてきた。柔らかい唇の感触に、私は静かに目を閉じる。

そのまま身を任せて、背中に回していた腕を首にかけると、彼は私を抱きかかえるようにしてソファの背もたれに押しつけた。

その間も口づけは続けられ、何度も角度を変えて唇を重ねているうちに、次第にもっとという欲が出てくる。

重ねるだけではなくて、唇を軽く挟んで啄《ついば》み、時折舌先で舐《な》め取られて濡らされていく。でも、決して深いキスには移行しない。

キスの合間に物足りなさげに彼を見つめると、それに気づいてか、目を細めて笑ってくれた。頬や頭を優しく撫でられるが、やっぱりなかなか焦《じ》らされる。

「少しは俺の気持ち、わかりました？」

望まないまま解放されて、親指で唇をなぞられながら問いかけられる。キスを再開させてほしい気持ちで胸が苦しくなっていると、彼はなにかを含んだような笑みを浮かべた。

「欲しいけれど、それ以上は進ませてもらえない気持ち」

「でも、山田くんの場合は、自分でそうした面もあるんじゃない？」

責められた気がして苦しくなったのと、後ろめたさでつい口を尖らせる。実際に寝てしまったと私は思っていたわけだし。

人間なかなか変わらないもので、こうして気の強い返事しかできない自分が憎い。

すると彼は急に真面目な顔になった。

「そうですよ。だって、どんな流れであれ一度寝てしまったら、俺がなにを言っても軽く見られそうで。ずっと大事にしてきた気持ちが、市子さんに伝わらない気がしたんです」

それに、と続けながら山田くんは身を乗り出して、私との距離を縮めてきた。

「一度したら、奪ってでも全部欲しくなりますから」

眼差し、声、表情。きっと仕事でもこんな顔はしないんだろうな。すべてが目に焼きついて離れない。もう逃げられない。

そして彼は、すぐにいつもの調子で笑みをたたえながら質問を投げかけてくる。

「今でも年下は対象外ですか?」

「うん」

予想外だったのか、即答する私に触れていた山田くんの手が思わず止まった。そんな彼の顔を今度は私がじっと見据える。

「だって、もう年上とか、年下とか、職場の後輩とか関係ない。私は山田くんがいいの」

山田くんがどんな立場でも、私はきっと惹《ひ》かれていたんだと思う。

だって私に必要なのは、大人の余裕がある人でも、仕事の相談に乗ってくれる人でもない。

私自身を見て、ちゃんと向き合って、ときには叱ってくれる優しさのある人だ。山田くんじゃないと駄目なんだ。

「私、きっと山田くんが想像していた私とは違う。意地っ張りだし、変にプライドが高くて素直になれなくて。憧れてもらえるようなものもないかもしれない。でも、それでも、気をつけて直していくから。だから、これからも私を好きでいてくれる？」

喉も唇も震えて、なかなか声にならない。それでも私の精いっぱいの正直な気持ちだ。

すると彼は今までにない柔らかい顔をして笑った。

「市子さんのこと、ずっと好きですよ。最初はただの憧れでしたが、でも今は市子さんの周りにいる男性にいちいち嫉妬して身がもちそうにないほどに、愛していますから」

さらっと口にされた言葉に照れる間もなく、彼が身を寄せてきた。瞬きもできずにいると、優しく髪を耳にかけられる。穏やかな笑顔に私も笑った。

それが合図のようにゆっくりと口づけられる。まるで初めてキスするかのように、大切に。

「はっきり言わなかった俺が悪いとはいえ、俺の気持ちが市子さんにまったく伝わっていない事実に驚きました」

薄明かりの中、私の髪を優しく梳《す》きながら山田くんが苦笑した。抱き合って、たくさんキスをして、今はこうして彼のベッドの中でお互いに一糸まとわぬ姿でくっついている。

わずかな隙間さえも消したくなり、私は彼の首に腕を回して密着した。

「だって山田くん、基本的に誰にでも優しいし。それに調子が悪いとき、私にだけは見られたくなかったとか言うから」

しどろもどろに告げると、なだめるかのように額に唇が落とされる。そこで視線が交わると唇を重ねられた。それが離れてから彼が口を開く。

「好きな人に、弱っているところを見られたくありませんよ。ただでさえ年下なのに。あのときは市子さんを坂下さんにあっさりもっていかれるし、市子さんから永野部長に対する気持ちを聞いて、勝手に嫉妬していろいろ思い悩んでいたんです」

「もっていかれるって」

その言い方は違う気がして指摘すると、山田くんは眉を寄せた。顔は怒っているが、触れてくる手は優しい。

「もっていかれる、ですよ。俺が後輩じゃなかったら、市子さんと特別な関係だったら、あんなふうにあっさり渡したりしなかったのに」

まさか彼がそんな葛藤を抱えていたなんて露にも思っていなかったので、私は意外な事実に目をぱちくりとさせた。

「私じゃ踏み込ませてもらえないのかと思った」

「そんなのじゃありません。言ったでしょ、カッコつけただけです」

「カッコつけなくても、山田くんは十分にカッコいいよ」

はっきりと迷いなく伝える。すると彼が私を映していた瞳を丸くした。

「つらいときはちゃんと言って。年上とか年下とか関係なく、頼ってほしいし、甘えてほしい。こ、恋人なら……」

慣れない単語に口ごもってしまい、わざとらしく彼の胸に顔をうずめると、そのまま力強く抱きしめられた。

「なんですか、それ。どうしてそんなに可愛いんですか」

「可愛くないから。ちょっと、離して」

意識してかどうかはわからないが、彼の形のいい唇が耳に押し当てられ、私の肩が震えた。

「どうしてです？　市子さんは可愛いですよ」

「や、め――」

そのままの位置で低く喋られ、泣きそうになる。回された腕の力は強く、身動きできない。

山田くんは音をたてて耳たぶに口づけてから、おかしそうに私を解放すると、今度は首元に顔をうずめてきた。

「ちょ」

「お言葉に甘えて、今甘えてみます。でも市子さんには十分に甘えさせてもらっていますよ。初めて会ったときも、この前も。ちゃんと俺の欲しい言葉を言って救ってくれるんですから」

彼の柔らかい髪が肌を掠めてくすぐったい。

しかし、その感触はすぐになくなる。ざらりとした舌が肌の上を滑って、そちらに全神経をもっていかれた。

薄い皮膚をキツく吸われ、私は思わず声を上げる。

「つ、駄目」

「見えないところにしてますから。本当は見せつけたい気持ちもあるんですけど」

それは困る。

私の微妙な動揺を悟ったらしく、山田くんは笑いながらその場に軽く口づけた。自然に声が漏れそうになるのを必死で抑えていたら、ようやく彼は顔を上げた。

「すみません、困らせるつもりはなかったんです。市子さんが俺のものになったんだって、ちょっと確かめたくて」

「……私、初めてなんだけど」

「え？」

涙目でじっと山田くんを見つめる。今度は私が彼の頬に手を添えた。しっかりと言い聞かせるように。

「自分からこんなにも好きって思ったのも。失いたくないって思ったのも。全部、山田くんが初めてなんだけれど？」

そのまま顔を近づけて自分から口づけた。唇をわずかに離し、触れるか触れないかギリギリの距離で囁《ささや》く。

「それに、自分の気持ちがうまくコントロールできなくて、全部許しちゃいそうになるのも初めてだよ」

そう告げると今度は彼から口づけられた。深く求められるキスに、いつの間にかベッドに背中を預ける形になる。伝わってくる温もりも、預けられる重みも、なにもかもが愛おしい。

「好きですよ、市子さん」

優しく頬を撫で、山田くんが切なそうな表情をする。なんとも言えない色気が漂い、こんな顔もするんだとドキドキしつつ、私は余裕を見せて頷いた。

「うん、今度苺ビュッフェに連れていってね」

「え」

「ありがとう。私、〝いちご〟が大好き」

虚をつかれた山田くんに満面の笑みで答える。すると彼は、なんだか今にも泣きだしそうな表情になり、それからやっぱり笑ってくれた。

そのまま再開される口づけに私は身を委ねる。しょうがない。溺れてもいいと思ってしまったのだから。

ずるい。毒みたい。

口にするたびに、キスするたびに、触れるたびに、気持ちが大きくなって止められなくなる。

それでもいい。それなしじゃ生きていけなくなる。

なりふりかまわずに必要だと思えるものを私は見つけられた。気づかせてもらえたんだ。

意地っ張りで素直ではない私だけれど、彼を名前で呼ぶようになるのは、どうやらそう遠くない未来の話になりそうだった。

番外編　これからも君と美味しい食卓を

彼女と出会ったのはかれこれ五年も前の話だったりする。

＊　＊　＊

十七歳でギムナジウムの卒業資格試験に合格し、九月から始まる大学生活を目前に、思い立ったように俺は日本に向かった。

もう慣れた外国暮らし。過ごした時間の長さ、文化の馴染み。どちらかといえば自分の居場所は日本よりドイツだった。

そのことに不満があったわけでも、両親や友人たちとなにかあったわけでもない。

ただ、将来を見据える中で自分の存在を必要以上に考えて、思いつめていたんだと思う。

【日本に行く】と書き置きを残して、飛行機のチケットと少しの荷物を持って、後先考えずに出国した。

とはいえ未成年で、さらには日本に慣れていない俺がひとりでなんでもできるわけもなく、結局は母方の祖父母をあてにすることになったのだが。

八月初旬、空港から出て感じたのは、じめっとした日本独特の湿り気のある暑さ。もうこれだけで参ってしまいそうになる。どっと額に滲む汗を拭って、空港から祖父母宅に連絡をしたのが始まりだった。

祖父母は母の妹である叔母《おば》一家と同居していた。突然の訪問にかなり心配され、驚かれたりもしたけれど、最終的にはよく来たと歓迎された。元々大きな家で部屋も空いていたから、ひとり増えたところで生活はたいして変わらないらしい。

叔母には娘と息子がいて、息子の方は結婚して家を出ていたが、娘の方は大学生でまだ家にいた。従姉のはるかだ。

「一悟、暇でしょ？　ちょっと付き合ってよ」

日本に来て一週間。最初の数日間はいろいろ観光に連れていってもらったりしたが、観に行くところも限られている。会いたい友人などもおらず、正直、時間をもて余していた。

なんのために日本に来たのか。祖父母に顔見せしただけで十分か、と自分に言い聞かせていたときだった。

「どうした？」

「車を見に行くの。ほら、私、勤務先が隣の市になりそうなんだ」

大学四年生のはるかは、すでに地元の信用金庫から内定をもらっていた。そして通勤のために車が必要だと話す。

両親、ひいては祖父母までついていくのに俺まで必要だろうか。とはいえ、はるかの言う通り暇だ。それに彼女なりの気遣いなのだと思って、俺はおとなしくついていく旨を告げた。

連れてこられたのはわりと大きな自動車メーカーのディーラーで、ちょうど大規模なキャンペーンを実施していた。

時期的にお祭りを模した屋台風のブースが並び、家族連れが賑わっている。想像していたよりも多くの人が訪れていた。

ぞろぞろと大人数ではるかの車決めに付き合うのも億劫《おっくう》で、かといって店内にひとりでいるのも居心地が悪い。

しょうがなく、並んでいる車を外の陰になるところでボーッと見つめる。そんなとき、ふと声をかけられたのだ。

「君、顔色悪いよ？　大丈夫!?」

ここの制服を着た若い女性が、おどおどした様子でこちらを見ている。話しかけられた鬱陶しさや暑さもあり、俺は自然に顔をしかめた。

「大丈夫です」

そっけなく返して、自分は客にならないと先に告げる。下手に愛想よく返し、興味をもたれるのも面倒だった。

ところが彼女は機嫌を悪くするどころか、朗らかな表情を見せてくる。わざわざ『年下は対象外』とまで告げて。

そのことがなんだか面白くないとも感じた。どうしてそう思うのか。客でもない、ましてやこんなぶっきらぼうに返す俺に、彼女は笑顔を崩さない。

「私にとって、記念すべき初めてのお客さまは君だよ。これから始まる私の長い営業人生の中で、貴重な初めてを君にあげよう」

さらには、そんなセリフまでつけてくる。初めて、って……。

「君に会えてよかったよ。来てくれてありがとう」

ずるいと思った。

こんなのはリップサービスだ。彼女にとって俺なんて明日には忘れている存在だ。でも純粋に嬉しかったんだ。

自分はどこに、どうあるべきなのか。生粋《きっすい》の日本人だけれど外国暮らしが長くて、将来だってこのままいけば親と同じ会社か、日本に縁のある企業に就職か、そこら辺になる。

明確なビジョンもなく、ふわふわと不確かで自分の存在意義がわからずに苦しかった。十代によくある時期的なものだったのかもしれない。

それでも彼女の言葉に、彼女の笑顔に、俺は救われた。俺の存在をしっかりと認めてもらえた気がした。自分でも単純だと思う。

この出会いが、今後の俺の人生を大きく左右することになるとは。

それから俺は、気持ちをすっきりさせて帰国できた。大学はもちろん、日本語の勉強にも今まで以上に力を入れて取り組めた。なぜなら俺にはひとつ目標ができたから。

いつか彼女に会ってお礼を言う。『あなたのおかげで俺は変われたんです』って伝えたい。そのときは営業と客でも、年上と年下とかでもなく、彼女と対等な立場になって言いたい。そんな想いを募らせた。

彼女の名前を聞いておいたのと、はるかが担当は違うが彼女の店舗で車を購入したことが功を奏して、俺はちょくちょく彼女の情報を手に入れる機会を得た。

はるかに教えてもらい、店舗のブログを覗いてみると、仕事のことやフェアについて彼女がちょくちょく更新している様子が見られた。

時折写真で登場する彼女はいつも笑顔だ。その際、左手の薬指を無意識に気にしてしまう自分に驚く。仮に結婚していなくても、恋人くらいいてもおかしくはない。

でも、それは俺には関係ないはずなのに。

複雑な思いを抱えながら、彼女の働く自動車メーカーの入社試験に合格し、ついに日本に行くことが決まった。

元々ドイツには新卒といった概念はほとんど存在しないし、両親も日本で働いてみるのはいい経験になるだろうと、背中を押してくれた。

彼女と同じ職場で働ける、と胸を高鳴らせ、その日を楽しみにしていた。そして彼女を一目見て、心臓が一気に早鐘を打ちだす。

出会ったときよりずっと大人びて、仕事にも慣れている雰囲気だ。どんなふうに声をかけようか。もしかすると向こうから話しかけてくれるかもしれない。

「友美ちゃん」

ある日の午後、すぐそばに彼女がやってきた。

「もしかしてここでなくしたって言っていたの、これ？」

「それ！」

女の子は、こぼれそうな笑顔で彼女にお礼を告げている。どうやらここでなくしたキーホルダーが見つかったみたいだ。両親が彼女に頭を下げている。そのやりとりの内容からすると、彼女が随分探したのが窺えた。

「よかった。一緒に連れて帰ってあげてね」

「ありがとう、おねえさん」

笑顔で手を振る彼女の横顔が記憶の中の彼女とかぶる。相変わらず他人のために一生懸命なのは変わっていないらしい。そんな彼女に心惹かれたんだ。

「お前、担当でもないのによくそこまでするよな。今日も営業かけたけど他社に随分と気持ちが傾いていたから望み薄だぞ」

「そういう打算的な気持ちで探したわけじゃない」

きっぱりと言いきる彼女に、俺は温かい気持ちになった。

会いたかったんだ、ずっと。自分の中の特別な存在として。

そのとき彼女と目が合い、俺は思わず微笑む。

「優しいですね」

あのときと一緒で、という言葉は呑み込む。これは、もしかして感動の再会になるのかもしれない。

ところが現実は甘くなかった。彼女はまったく俺を、俺との一件を、覚えていなかったのだ。同じ形で名前を聞いたり、初めての客について尋ねてみたりしたが、俺のことを思い出す気配など微塵もなく、これにはかなりショックを受けた。

思い描いていた感動の再会シーンが音をたてて崩れていく。しかも彼女には付き合っている相手がいるとまで聞いて、俺の落ち込みは半端なかった。

でも彼女が直接指導に当たってくれることになり、とにかく仕事で失望されないように必死だった。

いつか、以前に会ったことを伝えるのを俺は諦めていなかったから。

ただ、そのときにやっぱり頼りない年下の男だと思われるのは嫌だったのだ。

そばにいて同僚の立場になり、改めて彼女を知っていく。随分と性格がキツくなったな、と思ったりもする一方で、クライアントに対してはできる限り希望に寄り添おうと一生懸命だし、展示している車を見る目はいつも優しい。

営業はどうしたって男性が多いし、女性ならではの苦労もあると思う。ひとりで全部背負うには細すぎる肩を見て、彼女を支えたくなった。

けれどそれは俺の役目じゃない。彼女もそんなことを俺に望んではいない。それがたまらなく悔しくて、やるせなかった。

じわじわと夏が迫る頃、俺は引っ越しを決意した。入社して一年目のときは祖父母宅に居《い》候《そうろう》させてもらっていたが、仕事に大分慣れたし、出社時間や帰りが不規則なので付き合わせるのも申し訳ない。

会社からはやや離れているマンションの角部屋に決める。ひとり暮らしは意外に快適だった。

お隣に挨拶は当たり前だ、と祖母から言われたものの、なかなか隣人と顔を合わすタイミングがつかめない。下手に関わりをもっても……と思っていたある夜、俺は自分の目を疑う事態になった。

なぜか俺の部屋の隣で、彼女がうずくまっていたのだ。

「え、え？　御手洗さん？」

あまりに俺の願望が強すぎて、夢か幻でも見ているのかもしれない。

しかし目の前にいる彼女は間違いなく俺の憧れの人でもあり、直接の指導役に当たっている御手洗市子だった。

「ん、誰？」

舌ったらずに話す彼女の目は、アルコールに酔って潤んでいる。会社で見せる面影は微塵もなくて、あまりにも無防備な雰囲気に、意識せずとも俺の心臓は強く打ちつけ始めた。

「俺です、山田一悟。御手洗さんの家ってここだったんですか？」

「そうだよ。でも鍵がないの！」

彼女の言い方はどこかやさぐれて、子どもみたいだった。そんな彼女に優しく問いかける。

「じゃあ、一晩だけでも家に行ってもよさそうな人はいません？　このままだと夏とはいえ危ないですし、風邪ひきますよ」

「いーよ。迷惑かけらんない」

そこで俺は言葉に詰まる。けれど思いきって自分からおずおずと提案した。

「恋人は？　御手洗さん、お付き合いしている人がいるでしょ？」

わざわざ彼女の恋人に連絡して、ここまで迎えに来てもらうはめになるのかと思うと、柄にもなく泣きそうになった。

なにやってんだ、俺。

ところが、続けて彼女から意外な言葉が飛び出した。

「別れた」

「え？」

「私が振られたの！　文句ある？　吉田《よしだ》薬局との契約も白紙になっちゃって……。私、営業の神さまに見捨てられたの」

恋人との別れより、契約が取り消された方が彼女にとっては大きいらしい。

やばい。なんだ、このシチュエーション。俺はクリスチャンじゃないが神さまって本当にいるのか？

そんな考えを巡らせ、我に返る。今はそれどころではない。とにかく彼女をなんとかしなくては。

「あの、御手洗さんさえよかったらうちに来ます？」

「いいよ、べつに」

ぶっきらぼうに言い放つ彼女を、俺は大胆に抱え上げた。

「いいって、OKってことですよね。なら遠慮なく」

もちろんそういう意味ではないのは理解しているが、ここは気づかないふりをしておこう。

彼女は驚いた顔をしながらも、眠たさもあってか俺にすんなりと身を預けてきた。

思ったよりも華奢《きゃしゃ》で柔らかい感触に、お酒を飲んでいないこっちまでクラクラする。

こうして俺は、なかば強制的に彼女を自分の家まで連れて帰った。人助け、なんて自分に言い訳しながら。

彼女をどうこうしようって気持ちは微塵もない。でも恋人と別れたと聞かされて、勝手に舞い上がっていた。

信じもしない神さまに感謝して、この後全力で恨むことになるとも知らないで。

いや、でもやっぱり最終的には感謝したのかもしれない。

部屋に連れて帰ったものの、そこから俺は理性を、さらには人間性を試される事態になった。止めるのも聞かずに彼女が『暑い！』と文句を言いながら服を脱ぎ始めたときには、卒倒しそうになる。

肌にじんわりと汗を滲ませて自分のベッドで眠る彼女に対し、何度も理性を飛ばしそうになりながら必死で堪える。もう一生分のため息をついたんじゃないかと思うほどに。

ベッドのそばのフローリングに座って、彼女の寝顔をじっと見つめた。あまりにも無防備な彼女に、逆に腹が立ってくる。もういっそのこと、と自分の中の悪魔が囁いた。

でも……。

「お疲れさまです、市子さん」

彼女の頭をそっと撫でると、柔らかくてサラサラな髪の毛が手を滑った。いつも職場では髪をまとめているから、今の下ろしている姿も新鮮だ。勝手に心臓がうるさくなる。今どき中学生でもここまで反応しないだろう。

それほどに彼女はずっと俺が大事に想ってきた人で、憧れていたんだ。

なのに、恋人と別れたって聞いたときは図々《ずうずう》しくもやっぱり嬉しくて、こうして家にまで連れて帰ってしまった。

どうしてなのか。答えは簡単だった。

俺はようやく自分の気持ちを理解できた。彼女に憧れていて、会いたくて、お礼を告げることだけが目標だったのに。

それよりももっと欲しくなってしまったのだ。彼女自身を。

一夜の過ちで終わらすつもりは全然なかったのに、翌日目を覚ました彼女はあまりにも冷静に『なかったことにしてほしい』と言うから、俺はわざと含んだ言い方をした。そして妙な提案をしたのだ。

「なにかが変わるかもしれませんよ？」

変わったのは自分だったのか、彼女だったのか。

再会して、とっつきにくい印象を抱いたりしたが、それは彼女がこの業界で生きていくために身につけた鎧《よろい》だとすぐに気づく。若い女性というだけで、自分たち男性よりもさまざまな顧客を相手に苦労している場面を何度か見てきた。必要以上に強く出られたり、馴れ馴れしくされたりするのを、笑顔でやり過ごしている市子さんの姿に胸が痛む。

少しだけ俺にも覚えのある感情だった。外国暮らしをする中で、どんなに長く現地に住んでいても、外国人として差別や理不尽な扱いを受けた経験が少なからずある。自分ではどうにもならないことで他者と差をつけられるのは悔しくてつらい。

とはいえ自分にも仕事にも厳しい市子さんは、職場ではもちろん俺に対しても愚痴や弱音のひとつも吐かなかった。他人のせいにせず、なんとか自分の中で消化しようとする癖が、今の意地っ張りでわずかに棘《とげ》のある雰囲気になったのだと納得する。

『さっきは笑ってごめんね』

その証拠に、彼女はきちんと自分の非を認められる人間だった。俺の提案を馬鹿馬鹿しいと断ってもよさそうなのに、真面目に受け入れてくれている。

お客さまのために一生懸命なのは相変わらずで、初めて会ったときに、やさぐれた俺を救ってくれた優しくてまっすぐな性格なのは変わっていない。

市子さんを知って、そういった素の部分を理解するたびに、彼女にとって自分はいろいろな意味で特別になれた気がして嬉しかった。

その一方で、市子さんといると嫌でも思い知らされていく。俺は彼女にとって特別な存在かもしれないが、恋人ではない。弱音や本音をぶつけてもらえるわけでもなく、職場の後輩としてしか彼女と関われない。

この仕事に就くきっかけになった上司の話を市子さんから聞いて、冷静ではいられなくなったり、せっかくふたりで過ごしていたときに、あっさり他の男にもっていかれるのをおとなしく許したり。

俺はどうしたって仕事の話では市子さんの理解者にはなれなくて、頼ってもらったり、甘えてもらうことだって難しい。

それらができる人物に嫉妬して、俺の知らない彼女をずっと見てきたんだと思うと、つらくなる。さらに、そんなことばかり考える自分に嫌気が差した。

その現状をなんとかしたくて、とにかくもっと仕事をこなさなければ、と躍起になった。胸に立ち込める暗雲を振りはらいたくて必死だった。

結果、市子さんに心配をかけることになるとは思いもよらなかったけれど。

一番見られたくない人に、弱っている自分の姿を晒してしまい、俺はつい彼女に不躾《ぶしつけ》な態度を取ってしまった。おかげですぐに自己嫌悪に見舞われる。

「すみません、八つ当たりです。……市子さんにだけは、見られたくなかったんです。こんな自分」

追いつきたくて、それなのにこんな自分を見せたら、もっと市子さんとの距離が離れてしまう気がした。ただでさえ自分は年下で、彼女と一緒に過ごした時間だって短いのに。

でも市子さんは、そんな俺の姿を笑って肯定してくれた。先輩として、かもしれない。どうであれ口にして、はっきりと俺を評価してくれた。

おかげで落ちていた気持ちはあっという間に浮上する。あのときと同じだった。彼女はいつも、俺の心を救う言葉を本音の部分でくれる。

どうしようもない自分に、欲しいタイミングで手を差し伸べてくれる。

やっぱり市子さんのことが好きだと自覚して、ずるいとわかっていて、今の関係を続けることを願ってしまった。

そして『鍋をしよう』と話していたある日、職場で市子さんと話していたときにちょうど同期から食事に誘われ、断る間もなく先輩として彼女にそちらを優先するように言われてしまった。

俺としては同期よりも市子さんと過ごす方を楽しみにしていたし、優先したいのだが、彼女はそうではないらしい。その事実がやはりもどかしい。

その後再び外回りを経て、帰社する頃には終業時間を過ぎて、残っている社員はほとんどいなかった。市子さんの姿もなく、もう帰ったのだろう。こうなると同期との食事がますます面倒に思えてきたがしょうがない。

ため息をつきながら自分の席に着いて、鞄の中から契約書を取り出した際に、まだ残っていた坂下さんが、市子さんが話を進めていた自動車学校の営業資料を見ていたので思わず声をかけてしまった。

するとと坂下さんは、複雑そうな表情で事態を説明し始める。

「御手洗さんは、なんて……？」

一通りの話を聞いて、俺は静かに尋ねた。

「まあ、ショックはショックだろうが、契約自体がポシャってないことでなんとか納得してた。あいつのああいうところは純粋にすごいと思うわ。俺なら食ってかかるか、恨み言のひとつでも言ってる」

珍しく神妙な面持ちで彼が淡々と語る。自分のことでもないのに俺は悔しさと理不尽さで唇を噛みしめた。

あれこれ考える間もなく、さっさと会社を後にしてマンションに向かう。彼女に会うためだ。当然、同期との約束も断りを入れた。

一方で、迷っている自分もいた。俺はどうするつもりなのか。

きっと俺がなにを言っても、市子さんは平気だと一蹴するに決まっている。もしかすると余計に気を張らせてしまうだけかもしれない。そっとしておくべきなのか。

思考を巡らせながら、まっすぐに彼女の部屋に歩を進めてインターホンを押す。もしかしたらいないかもしれないという不安は、ドアから顔を出した市子さんが打ち消した。

「どうしたの？」

「こんばんは」

極力平静を装ってみるが、俺がここにいる理由は明白だった。市子さんもすぐに悟った顔になる。

「なら、ごめんね。気にして来てくれたのかもしれないけれど、無駄骨にして。ご覧の通り私は大丈夫だよ。今からでもいいから同期と飲みに行ってきたら？」

予想通りの反応に胸が痛んだ。本心で言っていないことくらい俺にもわかる。それと同時に、そう簡単に市子さんが愚痴を言ったり、弱音を吐いたりする人間じゃないのもよく知っていた。もちろん引き下がる気はない。

「大丈夫なわけないでしょ。市子さん、自動車学校の件、ずっと通いつめて頑張ってたじゃないですか」

「頑張るって、それが仕事だよ。契約自体は進みそうだし、担当替えをされたのも私になにか問題があったわけじゃないから」

まったくもって正論だ。でも今は、そんな上辺だけの話をしたいわけじゃない。

「市子さんにとって、そんなあっさり割り切れる程度の話だったんですか？」

わざと挑発めいた言い方をすると、初めて彼女の感情が振れた。

「放っておいてよ。まだ入社して二年目の山田くんになにがわかるの？　私のなにを知ってるの？　割り切れる程度でいいじゃない。今回の件は山田くんには関係ないんだし、他人の心配をしてないで自分のことに集中したら？」

拒絶するように吐き出された言葉に、傷つかなかったといえば嘘になる。ただ、それ以上に、苦しそうに顔を歪めて発言した市子さん本人が一番、傷ついた顔をしていた。

きっと再会した頃ならここで素直に引いた。彼女にとって俺は恋人でもないし、ただの会社の後輩なのもわかっている。

「市子さん」

けれど——。

「ごめんなさいは？」

市子さんの頬に手を添え、強引にこちらを向かせた。

彼女が意地っ張りで、弱音を吐いたり甘えたりするのが苦手なのはとっくに知っている。それを自覚したうえで自身に厳しい人なのも。

本心で言っているわけじゃない。今もきっと俺に対する態度を後悔して、また自分を責めるんだ。そんな市子さんが簡単に予想できるくらいには彼女と同じ時間を一緒に過ごしてきた。本当は誰よりも優しくて、他人のことばかりの彼女をずっと見てきたんだ。

「ほら、意地張ってもしょうがないですよ。素直になったらどうです？」

「……っ、ごめんね」

謝罪の言葉とともに溢れる市子さんの涙を見て、どこかで安心する。ひとりで抱え込ませずに済んだ。

子どもみたいに泣きじゃくる彼女をそっと抱きしめると、拒否されずに身を預けられる。

俺がひとりで抱え込んでいたとき、どちらも市子さんに救われた。だから彼女にとってもそんな存在になりたい。つらい気持ちを吐き出させて、少しでも寄り添えたら。頼ってもらえたら。

市子さんのそばにいて守っていきたい。彼女のことが誰よりも好きなんだ。

この一件で、自分たちの仲がなにか大きく変わったわけじゃない。でも市子さんのまとう雰囲気が職場でもわずかに和んで、俺に対する態度も、自惚《うぬぼ》れかもしれないが以前よりは心の距離が近くなったように思えた。

いい加減、初めて会ったときの話を含め、自分の気持ちをはっきり市子さんに伝えようと決意した直後、彼女から『終わりにしたい』と言われたときは返す言葉もなかった。

ところが、結果的にはお互いの気持ちを口にするきっかけになり、意地っ張りで素直じゃない市子さんの涙と一緒に本音も聞けた。

自分のせいで泣かれるのはもう二度とごめんだが、市子さんが泣きたいときに我慢せず素直に甘えられる存在になってみせる。ずっとそばで彼女を守ると固く誓った。

市子さんの家で夕飯をともにし、思い出に耽《ふけ》っていると、無意識に夕飯の片づけを済ませていた。我に返り台所からリビングに向かう。

「市子さん、片づけ終わりましたよ。……って、なにしてるんですか？」

「あ、これ内緒にしてね。個人情報の取り扱いが厳しいから、原則、社内でしないといけないのはわかっているんだけど終わらなくて」

市子さんはいつものソファに座り、机に向かって黙々と作業を続けている。

問いかけたら、悪戯がバレた子どものような表情をこちらに向け、早口で言い訳を捲したててきた。

晴れて恋人同士になったのに、彼女との関係は、実のところあまり大きな変化はない。

職場では自分たちの関係は伏せている。これは市子さんたっての希望だ。元々社内恋愛をしている人たちも表立って公にしている人はほぼいないので、これは渋々了承した。それでも親しい人たちには、機会があれば話した。

本田さんと飲みに行った市子さんを迎えに行った際、俺の登場と市子さんの説明に、本田さんは瞬きひとつせず空になったグラスを持ったまま固まっていた。

ややあって、彼女は勢いよく市子さんに詰め寄る。

『嘘、え、なに？　市子が山田くんと？　今日ってエイプリルフールだっけ？』

『そうだね。盛大なドッキリかも』

これでもかというほど大げさなリアクションをする本田さんに、市子さんは冷たく言い放つ。

『いやいや、ごめん。すごいじゃん、市子。これはどんな契約取ってくるよりすごいよ。本当に驚いた』

『比べる対象が違うでしょ』

唇を尖らせて抗議する市子さんが可愛らしく、照れる彼女を見るのも新鮮だ。

ちなみに俺からアプローチをした旨を伝えたら、本田さんはさらに目を丸くして追加のビールを注文した。

酒の肴《さかな》と言わんばかりに根掘り葉掘り尋ねる本田さんに対し、『今日はもうお開き！』と市子さんは強制終了させた。帰り際に、本田さんが市子さんに聞こえないように『山田くん、市子を選ぶなんて見る目あるよ。幸せにしてあげてね』と、こそっと告げてきた。

もちろんです、と答えるのと同時に、市子さんには素敵な友人がいるのだと改めて実感する。

坂下さんのときは、こちらもしばらく硬直して反応がなかった。西野さんとの件でいろいろ言われるのもあり、話したいことがあると昼食を誘った際に市子さんとの関係を告げた。

『マジか。山田、お前年上が好みだったのか』

『べつに年上、年下関係ありませんよ』

第一声に対して律儀に訂正する。坂下さんは頭を掻きながらなんともいえない表情になった。

『そうか。御手洗か。たしかに最近、雰囲気が柔らかくなったって話していたんだ。他の営業部の連中からの評判もいいし』

思わず坂下さんを二度見する。それは初耳だ。聞き捨てならない。

『俺は西野ちゃんとは相変わらずだっていうのに……』

そこから坂下さんの話を延々と聞かされ、昼食は終わった。彼は西野さんとはたまに食事に行く仲にはなったらしいが、決定的な関係にはまだ踏み込めていないらしい。その点に関しては痛いほど共感してしまう。曖昧な関係は心地よさ半分、たしかなものがない不安半分だ。

この調子で坂下さんの話に付き合う機会が増えそうだ。


我に返り、俺はそっと市子さんに歩み寄る。彼女がしているのは、担当顧客へのＤＭのメッセージ書きだった。年末に向けて大きなキャンペーンをするので、その案内だ。

「市子さん、丁寧に書きすぎなんですよ。俺は全部同じ内容にしましたよ」

彼女はそういうところはすごくまめだ。一人一人に合わせた内容をわざわざ記す。

市子さんは軽く肩をすくめた。

「内容云々より、御手洗って苗字が悪いんだと思う。この漢字のせいで、絶対に他の人より時間を使ってるよ」

「俺はそっちとは思いませんけどね」

呆れて呟くと、市子さんは横に移動して隣に座るスペースを空けた。そんな気遣いが嬉しくて、俺は遠慮なく彼女の隣に腰を下ろす。

「一悟みたいな苗字の人にはわからないよ」

むっとした表情を見せる市子さんに苦笑した。

「そうですね、なんならアルファベットでサインみたいにしてもいいですけど」

「なにそれ。でも意外に欲しがる人いそうだね」

そう言って市子さんは笑う。

なんだか胸が締めつけられた。もちろん幸せすぎてだ。いろいろと思い出したのもあって、奪うように素早く唇を重ねる。

「なっ」

不意打ちを食らった市子さんの表情に満足して、再度唇を重ねた。頬に手を添え、今よりもずっと長いキスをする。

彼女が戸惑いつつも抵抗しないのをいいことに、角度を変えて下唇を甘噛みしたり、舌先で軽く刺激して緩急をつけてキスを楽しむ。

そこから深いキスに移行するのに時間はかからなかった。彼女をやんわりとソファの背もたれに押しつけるが、受け入れる形で細い腕を首に回してくれる。

それがたまらなく嬉しくて、俺はさらに市子さんを求めた。薄手のニットの裾から手を忍ばせると、彼女は目を見開き、慌てて顔を離す。

「せ、せめて作業が終わってからにしよう」

「俺も後で手伝いますから」

なに食わぬ顔で告げる俺に対し、市子さんは困ったような潤んだ瞳でこちらを見てくる。こういうときの彼女は本当に可愛い。

いや、常に可愛いんだけれど。格別だ。

「でも――」

なにか言おうとする市子さんの口を強引に塞ぐ。長いキスに降参を示したのはやっぱり彼女の方だった。唇が離れ、伏し目がちになる彼女に、俺は笑顔で声をかける。

「それに市子さん、そんなに苗字を書くのが大変なんだったら、どうです？　俺と同じ苗字になりません？」

「え」

市子さんの反応を待たずにキスを再開させる。

彼女はきっと冗談だと思ったに違いない。でも、その答え合わせは後だ。

用意したのはいいものの、ずっとどのタイミングで渡そうかと悩んでいた。今なのかもしれない。

公にする必要がない関係のもどかしさも、今さら彼女の魅力に気づく人間も、悪いがいらないんだ。

彼女は俺のものだから。

俺は鞄に入れっぱなしの小さな箱の存在を浮かべて、市子さんの反応を楽しみにしながら自然に笑顔になった。

〈Fin.〉

あとがき

はじめましての方もお久しぶりですの方もこんにちは。黒乃梓と申します。

このたびは『ストロベリー・ラブホリック～甘やかし上手なお隣男子に餌づけされてます～』を手に取っていただき、またここまで読んでくださって本当にありがとうございます。

この作品は『第一回　プティル恋愛小説大賞』ノベル部門で大賞をいただき、こうして皆様にお届けする運びとなりました。デビューして数年になりますが、コンテストなどで大賞をいただいたのは初めてで、とにかく嬉しく信じられない気持ちと、これからも自分なりの物語を書き続けていきたいと大きな励みになりました。精進してまいります！

本作は不器用ながらとにかく仕事に一生懸命なヒロインを書きたかったのが最初

で、そんな彼女を癒すには、ヒーローはもちろん美味しい料理も必要だろうと（笑）物語を膨らませていきました。

仕事って理不尽で落ち込むこともあるけれど、やっぱり楽しい！

市子と同じく、この作品が誰かの元気に少しでも繋がったなら、作者として幸せです。

最後に、プティルノベルス編集部の皆様、作品がよりよいものになるよう寄り添って編集作業を進めてくださった担当の矢郷様、美味しい料理とイメージぴったりの主役ふたりを描いてくださったイラストレーターのくにみつ様、快く取材に応じてくださった某自動車ディーラー勤務の小谷様、この作品に携わってくださったすべての方々にお礼申し上げます。

なにより今こうして読んでくださっている読者様、本当にありがとうございます。

いつかまた、どこかでお会いできることを願って。

黒乃《くろの》梓《あずさ》

Petir novels

ストロベリー・ラブホリック
~甘やかし上手なお隣男子に餌づけされてます~

2021年8月24日 第1刷発行

著者 黒乃 梓 ©AZUSA KURONO 2021
発行人 鈴木幸辰
発行所 株式会社ハーパーコリンズ・ジャパン
東京都千代田区大手町1-5-1
電話 03-6269-2883(営業)
0570-008091(読者サービス係)
印刷・製本 中央精版印刷株式会社

Printed in Japan K.K. HarperCollins Japan 2021
ISBN978-4-596-01291-3

本作品はWeb上で発表された「ストロベリー・ラブホリック」に、大幅に加筆・修正を加え改題したものです。